花樣女醫

白袍叢林生存記

一起哭，一起笑，一起 L-O-V-E

劉宗瑀（小劉醫師）著

眾女醫齊聲推薦！

自從我進了醫學系，就很少聽到別人評論我外貌以外的特質，大家常常說的是「外科醫師怎麼還那麼漂亮」，而不是「你的工作能力或溝通能力很好」。被人稱讚當然開心，但心裡總是隱隱覺得不對。直到長大後才開始察覺，無論是男性、女性，當你無意識的去迎合父權價值觀，其身為一個「人」的本質，常常就在那些迎合之中，被抹煞了。

這樣講起來或許有點艱澀，但相信只要看了本書，跟著故事中的女醫師又哭又笑之後，或許多多少少就能體會到一點身為女性，在這個社會的無奈吧！

——吳欣岱醫師

讀這本小說的過程中，腦海不斷浮現出我在大學和醫院工作時，或聽說、或自身經歷的女醫師故事，非常寫實。

小說中的場景、術語，對醫學領域的人來說再熟悉不過了，和書中三個主角的人生一同起伏的當下，應該也會回憶起那段浸淫在大體、共筆和見、實習生涯中的酸甜苦辣；而不在醫學領域的人，也能因此一窺醫學生和醫師的生活經驗。

女醫師跟所有人一樣，有笑、有淚、有幸福，也會遇到渣。願天下所有女性，勇敢愛自己。

——**林奕萱醫師**

本書以三位女醫學生為主角，三條主線互相交錯，時而分開、時而相會，故事中所遇到的人，在真實人生中也並不少見——事業有成的迷人渣男；栽培妳成為醫師，就一定要感謝我、聽我的父母。更寫出許多對女醫師的既有成見：怎麼能跟醫師以外的男性交往（但事實上，我有許多同學的老公都非醫界人士），還有女醫師選科的糾結與困境（工作與家庭的平衡），精采程度絕對有拍成電視劇的價值！

以前只看過男醫師寫的醫生故事，小劉醫師這本以女醫師為主角的小說，更讓我耳目一新，讀到其中幾段甚至讓我紅了眼眶，想起自己的醫學生生涯！

——**急診女醫師其實**

女醫師要從懵懂的醫學生到成為獨當一面的醫師，除了知識與技術，也必須學會如何在一個男性居多的醫院叢林裡存活。

本書中的女醫師們，面對他人對外在條件的評論，面對愛情、事業與家庭的兩難，即便跌了倒、受了傷，仍勇敢重新站起，蛻變成有自信的女人。

推薦給所有正在工作與生活上，不斷努力的所有女性！

——不點醫師（酷勒客-clerk的路障生活）

作者的話

醫學系的天之嬌女，應該個個都是人中之鳳，卻也有著各自的苦惱跟喜怒哀樂。尤其屆齡花樣年華，那些醫學書本裡沒教的感情跟人際關係，才是真正的人生戰場。

這本《花樣女醫白袍叢林生存記》，是我嘗試用輕鬆的筆調，寫下當年經歷的那些刻骨銘心，透過這個埋藏在我心中許久的故事，說說女人在事業、愛情與家庭，所面對的困境與追求。

希望搏君一笑之餘，也能帶來無比感動。

目錄 CONTENTS

第一章

命運的那條線

第二章

如果的，美好的

第三章

結束與開始

終章

過一天，愛一天

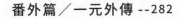

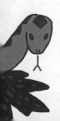

第一章

命運的那條線

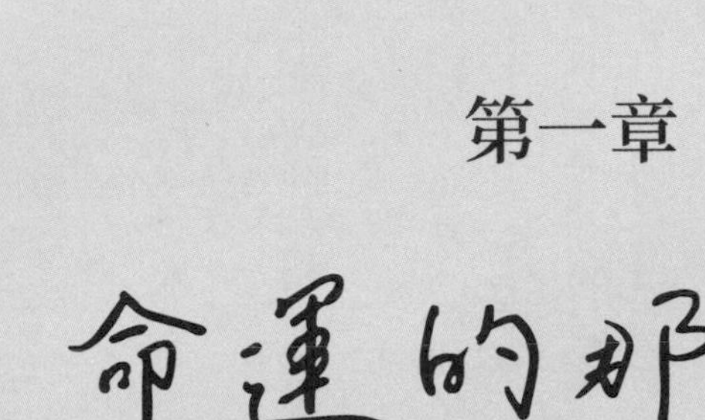

〈飛吧！

「飛吧！」

緹娜看向窗外，九樓高的天臺上，風吹得無比強悍，她一頭橘色挑染紫色的短髮整個被吹亂。

天臺一角有株隨手切下、丟入水種植的洋蔥，長了好長的葉子，瘋狂搖擺著，彷佛在對她說：「不要、不要，不要跳樓啦！」

緹娜咬咬牙，這一切都是逼不得已的！

而這一切，到底是怎麼開始的呢？她思索著。

「飛吧！一切就解脫了！」

‡ ‡

大學聯考放榜那天，高中畢業、茫然的她抓著榜單整整哭了一天，最後被家人拎著領子，塞進重考班。

重考班為了網羅這些距離醫科分數只差臨門一腳的人，打出學費全免還包吃包住，所以連住在外縣市的她都得以在這幢複合型商業大樓中，有一個小套房當作宿舍。

搭配音樂
狼母樂隊（Wolfmother）·〈Vagabond〉

為了重考醫學系居然搞到要住宿苦讀？她也不相信，直到自己成為其中一份子，開始每日照表操課：集體早自習、晚自修，補習班甚至為了模擬考場的真實狀況，最後兩個月開始停止開冷氣，讓眾人揮汗如雨的解題、解題、解題。

在那種環境與氛圍之下，緹娜是不能思考的，因為只要一思考，就會立刻被恐懼及質疑籠罩。重考班教室牆上掛著一個「衣帶漸寬終不悔」的匾額，贈題人是重考兩年後、如願考上臺大醫學系的學長，每次看著那個匾額，緹娜都會滿腹疑惑——有必要這樣嗎？想成為醫師的生活，有必要這樣嗎？

她班上的同學當然無法給予答案，甚至有個最高齡的大學長已經考到第五年了，仍不放棄拚臺大醫科，大家都這麼努力，看來是真的得這樣沒錯吧。

但是，內在的反彈聲音從沒停過，誰來鼓勵我？或者，誰來說服我？

——無解。

緹娜的同班好友阿鬼也進了重考班。他一個傻大個，對選科系沒啥想法，被家人逼著讀就念了。

緹娜經常抓他訴苦：「阿鬼，你媽是不是神經啊？你明明就考上私立醫學系不去念，幹麼也來重考？」

阿鬼露齒微笑：「沒關係啦！我習慣了，反正我高中幾乎所有科目都有補習，進來重考班也只是複習而已。」

緹娜大驚：「真的假的！全部科目都補習？國文也補、三民主義也補？天呀！三民主義要怎麼補？」

事實證明，在臺灣念書的最大重點就是要會考試，而「三民主義」那種洗腦用的東西，只要能出考題，補習班當然就可以幫你補習。

但是，緹娜與重考班導師的衝突越來越劇烈，整天吵架不說，蹺了課就躲回宿舍睡覺。一個茫然沒有目標的高中畢業生，自以為世界就是理所當然該繞著自己轉，為自己找了無數理由：

醫生有什麼了不起？為了考上醫學系而拚命讀書、考試，太市儈了！人生應該要為了興趣而努力！這樣壓榨我的青春，太不公平了！

但若被反問：那妳的興趣是什麼？理想？目標？

緹娜卻又無從回答。

被越逼越緊，她索性蹺掉最後幾堂模擬考。

人生就是這麼諷刺，她在撐快一年之後才爆炸，徹底受不了，但再過兩週就要聯考了！她卻要放棄啦！然而，事情的走向卻非她所預期，好不容易決定要放下一切時，怎麼會搞到這種地步？竟然被逼到天臺上攀住圍牆，就快跳下去了！

一手攀住圍牆，緹娜搖搖晃晃、幾乎快坐不穩，內心長期以來在自我否定又稍微肯定又再次否定的迴圈不斷重複，她真的好想……好想就這樣算了！

緊繃、壓力、更多的是恐懼。

緹娜不知道她究竟能不能考上理想學校？能順利畢業嗎？未來的選擇又在哪裡？被高壓摧殘了一年，還能擁有往後工作的衝動及熱情嗎？她的人生究竟能走出什麼屬於自己的路？她能在漫漫人生路上，遇到值得攜手的伴侶嗎？她沒有交過男友，單戀又常常失敗；明明不想當魯蛇，家裡又一直逼問她這次考試到底有沒有希望……幹麼一直逼她啊！究竟自己該怎麼辦？這一跳下去，她會不會死？

她低頭看了看地面，閉上眼，深呼吸，放手推了牆，跳了下去！

飛吧——

解脫！

‡ ‡

蹺課當天，整棟樓的學生都在上課、不在宿舍內，緹娜是唯一一個，當她所住的綜合大樓下面樓層的餐廳失火時，必須「跳樓疏散」的人。

緹娜心一橫往下一跳後，順利抵達救生氣墊，滑下離開，定神一看，發現圍觀人群裡有阿鬼緊張的面孔，她朝他揮手笑了笑，還比了個ＯＫ的手勢。

未來假設性的問題太多，只是限制住了自己，勇敢，well prepared，其他想再多也無用！在生命走到終點、死神之斧揮下來前，所有人的時間都是借來的，遲早要還，唯求專心當下，盡其揮灑。

緹娜那九樓高的一跳，跳掉了一卡車的疑惑。

她準備好了，雙手互相掰得關節喀啦喀啦作響。

考試？來吧！

‡ ‡

因為我將告訴你自由生活的點點滴滴（Cause I'll tell you everything about living free）

是的 我能讀懂你 女孩 你能讀懂我嗎（Yes I can see you girl can you see me）

去看看魔術師的水晶球（Go and see the sorcerer look into a ball）

你可以在水晶球裡找到答案（You may find the answer written on the wall）

小劉醫師說

此篇原寫於我的大學通識課程，「飛吧」是作文賞析的題目，當時認為老師很明顯想要我們寫八股勵志文，我就寫了個跳樓的故事XD。沒想到老師大為驚豔（？），還點名我起來朗讀……不好玩。之後的每堂課我就都乖乖寫八股文惹……

隱隱寂寞

之之將垂落鬢邊的髮絲攏到耳後，及肩的學生妹髮型一絲不苟。她的世界，單純到一個極點，毫無太瘋狂或精采的花邊可言，大一新生報到時，她搬到宿舍的行頭更是嚇壞了大家。

根據緹娜的證詞：剛踏進分配的房間，第一次跟之之打了照面，就被她身上散發的光芒給驚到了。之之站在一張立起的雙人彈簧床墊旁，回頭朝緹娜微笑。而看似熟女年齡的之之姐姐則忙著在一旁搬動張羅，一會嫌宿舍配給的單人床架太小、塞不下她搬來的雙人床墊，一會說要找舍監問冰箱微波爐烤箱的電器使用規定。

緹娜定神後才發現，溫柔靜靜微笑的之之，身上的光芒不是自己發出的，那是她姐姐擔心宿舍照明不夠，自行帶來的直立看書燈打出來的。

緹娜禮貌的點頭打招呼，之之姐姐立刻湊上前，語速又急又快：「妳好我們家之之沒見過世面，我是她姐姐妳是她室友，麻煩多多照顧，謝謝妳唷！妳好有禮貌！」劈哩啪啦的一連串，聽得緹娜整個頭暈。

之之微微嘆氣，總算把她姐姐送出門後，心想：「我總算要開始我十九歲以來，第一次自己掌握的人生了。」

建議搭配音樂
辛曉琪．〈隱隱寂寞〉

這時，緹娜開始跟新室友攀談：「妳姐姐，年齡跟妳差滿多的齁……？」

之之不動聲色，這一切都不會影響她離家上大學後想要做的事。

首先第一件就是——聯誼！

但家教使然、機運使然，反正之之就是超沒男人運。

有一次，她跟同班的媞娜相約要跟別系聯誼，通常這類聯誼都會由班上的公關去安排。醫學系的男公關可說是被班上男生奉為神明的人物，不但屢屢跟外校音樂系、文學系之類的學伴要到名單，男生公關幾乎都會先自肥到眾人唾棄的程度！先把對方的班花把過一輪之後，再邀其他綠葉出來，賞賜給其他同學。

那女同學呢？

網路上曾有一篇網路文章探討，認為「男女比例男多女少的班級，狗活得像男人，男人活得像條狗，女人則是凌駕一切的存在，特別是學妹」，之之班上的男女同學比例為九比一，全校男女比例十二比一，為什麼之之知道得這麼清楚？這是她大一在學務處打工時特地調查的，照理來講，應該會像文章描述的，女生都很幸福吧？但對應到之之身上卻完全不是這樣——或者應該說，對應到醫學系女生身上，根本不是這麼一回事。NO～NO～NO～

之之班上的女同學只要一提出「醫學系女生要聯誼」，對方不是裝忙就是人數不足，要不索性就再也不接電話，久而久之，就越來越沒人提起了。

之之覺得這樣的大學生涯好像有點缺憾，大一時還趁著新生大會，趁亂跟著一起去聯誼，抽了摩托車鑰匙的籤，結果抽到一個綽號跟長相都十足是「技安」的大塊頭男生。對方外型跟自己欣賞的類型實在差太多了，之之一臉冏的坐上機車，全程一路無語。

技安更直接，當別人問起有沒有再聯絡時，他淡淡回了句：「長得不怎樣。」男生就是嘴賤直。

還不太會打扮、也不知打扮可以唬人的之之，雖然長相清秀，卻容易被其他濃妝豔抹的女孩比下去。因此，之之的大學生活就是不斷的念書、修學分，直到之之覺得實在是缺少了什麼，只好向社團的電X系小叮噹學長提出邀請。

小叮噹學長人如其名，全身就是由一堆圓形組合而成。

之之問：「學長，我們室友有一群女生想找人聯誼，你有沒有推薦的呢？」用「室友」代稱，避免直接提起科系名稱，好奸詐！她太怕說出是醫學系女生後，又會被退票！

小叮噹學長不疑有他，爽快的回：「好啊！我找我同學，妳們有多少人？」

之之喜出望外，趕快趁小叮噹學長還沒意識過來前，隨口說了三個人，心裡開始盤算起究竟可以找哪些人參加。

首先是她的室友緹娜，之之想了想，永遠不修邊幅、一副男人婆的緹娜，出發前可能先得幫她畫點妝才行；另外再找混血美女喬安娜，必須讓喬安娜來充場面、拉高水準，雖然喬安娜在學長間行情太好，可能很難約……不管了！之之發誓，至少大學一定要再試一次傳說中的聯誼啊！

隨著約定的時間快到，小叮噹學長打電話來確認行程，這時他終於發現了一件事。

「欸……學妹啊，妳之前說要聯誼的，都是妳的室友唷？」

之之點頭：「是啊，怎麼了？」

小叮噹不安的又問：「那這樣……就都是妳班上同學囉？」

「是……啊……」之之心想，糟了，被識破！

小叮噹開始哀號：「那就是說，都是醫學系的……我們是要跟一群醫學系女生聯誼囉？啊——」

之之連忙解釋加安撫，再三保證其他女生條件都很好，時間都講好了、行程也排了，好說歹說一番，小叮噹才無奈接受。

是的，醫學系女生不只行情普遍不好，除了少數幾個天生麗質的，要跟他系聯誼幾乎是不可能的任務，還得欺敵帶哄騙XD，超悲哀！

‡　‡

聯誼當天，眾人齊聚交誼廳抽鑰匙，可是就連抽鑰匙都困難重重。首先，喬安娜率先發難，混血兒深邃的五官讓她輕鬆成為全場焦點，但一向習慣高級轎車接送的她聽到要坐機車出遊，整個臉立刻臭掉！

接著是男生那邊，小叮噹學長拉來了兩個還算滿帥的學長，甲學長騎重機，緹娜那個男人婆一看到重機，就雀躍的嚷著她要坐；乙學長聽到喬安娜抱怨後，立刻掏出汽車鑰匙，擺明了決定專車接送喬安娜。

於是在根本就已經內定好的情況之下，之之只能無奈的裝裝樣子抽了籤，手一撈，最大最圓的一隻棒球大「小叮噹公仔」鑰匙圈就卡進她手中，想甩也甩不掉。

之之默默看著手裡的小叮噹，心想：「上次技安，這次小叮噹，我是中了藤子不二雄的詛咒嗎……」邊嘆氣邊抬起頭，剛好看到小叮噹學長也一臉落寞。

同是天涯淪落人啊！

那趟聯誼過程，也是慘況百出。

首先，坐重機的緹娜嚷嚷要「自己騎重機」，重機主人臉整個黑掉，堅不答應。當天「被盛裝打扮」的緹娜穿著借來的高跟鞋，胸前塞入生平第一次看到的水餃墊，不情願的癟著嘴坐上後座時發現——好陰險！這重機向前傾的後座，根本就是要讓女生整個前胸貼他的後背啊！緹娜倒吸一口氣，只好把雙手繞過男生的腰，伸向前方的油箱撐住，用她堅強的臂力撐住全身，胸、腰、臂，沒有任何一絲地方碰到男生，並且就用這史上最怪異、類似鬃獅蜥威嚇時伏地挺身的姿勢，「撐」完整趟車程，騎重機的甲學長彷彿被捕獲的蚱蜢或蟑螂之類的，被牢牢架在前方。

坐在汽車內的喬安娜就更扯了！據開車的乙學長事後抱怨，喬安娜不但嫌車小又舊，對目的地的夜市小吃很不滿，移動過程中甚至不太跟乙學長聊天。

之之滿懷抱歉的坐在小叮噹身後，雙手也不敢環繞小叮噹，改抓後方的行李架，就這樣，一行人痛苦萬分的出發了。

到夜市時，喬安娜拉著緹娜大剌剌的走在前面，比學長們更有主見的選了她們想吃的攤位，偏偏沒有六人大桌，於是緹娜鑽到攤位後方一張只能兩人、最多三人坐的小桌旁，朝喬安娜跟之之招了招手，然後搬椅、點菜，好像來到了自家灶腳。三個卡在攤位外沒座位的學長們尷尬了，試圖想維持禮貌交談的之之也只能放棄跟男生們聊天。

女孩們邊吃邊討論著。

緹娜憤憤不平：「真是太可惡了！憑什麼不讓我騎重機？只能在後座撐著，很討厭耶！」

喬安娜回：「就跟妳說坐汽車吧！雖然我坐的那輛車又小又舊，至少不必吹風搞亂頭髮。」

之之無奈：「可是機車聯誼本來就是這樣啊。」

喬安娜說：「哎呀，有車坐幹麼折磨自己啊，更何況，怎麼會來這種店？之前吃到都不想吃了，好歹也該吃餐廳吧！」

緹娜：「嗯，好吧！那我回程也一起坐汽車好了。」

之之驚訝：「妳也要坐車？可是……」

喬安娜：「沒啥好可是了，之之妳也快點吃完，我們早點回去吧。是說，這家店的東西怎麼那麼油，好膩喔，不吃了！」喬安娜說完就一拍筷子，叉著腰等其他人吃完。

期間，三個學長可憐的被晾在一旁，自己找桌子、搬椅子，默默低頭吃完。

回程，三個女生擠在一輛汽車裡，開車的乙學長無言到極點；而小叮噹跟甲學長獨自騎著自己的摩托車跟重機回學校。緹娜坐在汽車後座，還索性脫掉高跟鞋，開始蹺腳打呼。

真是超悲哀又好笑的畫面。

之之心想，這大概是人類史上最失敗的聯誼了吧。桀驁不遜、自視甚高、不知圓融。現在回想起來，真是對當時的男伴萬分抱歉，然而那時的她們，各個都自覺「青春無敵、一切有理」。

被公主病及男人婆包圍，要殺出重圍找到自己的春天大概是不可能了，回到學校後，「千萬別跟醫學系女生聯誼」這個鐵律更是被傳頌個不停。

聯誼結束當晚，之之照例跟外縣市的家人通電話、報告近況，姐姐不經意問了句：「有沒有跟男生亂來？」

之之：「拜託～我哪會做那種事啊！」

姐姐：「很好，女生要自愛，最好等妳大學畢業再交男朋友。」

之之想，醫學系要七年耶！會不會太久了……

姐姐：「而且，妳一定要想辦法交個醫學系男友。」

之之心想，還好她不知道自己才剛跟外系男生聯誼失敗，要不然一定會哭死XD

姐姐：「還有，下次回家記得邀請妳的室友們來家裡坐坐，這是禮數，一定要做到。」

之之一急，大喊：「媽！人家……」

電話那頭傳來怒吼：「妳叫我什麼？我有沒有說過在外面要叫我姐姐、別叫我媽！妳要害我身價暴跌、銷不出去嗎？」

之之連忙道歉，掛掉電話後，乖巧溫順的之之嘆了口長長的氣。家中藏著的故事，猶如重擔般掛在她的胸口。

唉……這隱隱的寂寞。

無與倫比的美麗

「不要等待任何人，希望在自己身上。」——馬拉拉❶

緹娜與之之啼笑皆非的看著手上的名單，那是一張班上男生之間偷偷流傳的整理表單，有人不小心放在宿網網路芳鄰的全班公開資料夾，於是在整個女生宿舍裡炸開來了！表格內容是這樣的：

姓名	顏值	身材	總排名
張緹娜	90	85	13
李之之	95	80	11
喬安娜	98	98	1

上面羅列班上所有女生，一一由每個男同學傳閱後，把各項分數加總平均，得出各個排名順位。

緹娜整個怒呆了！但又說不出自己是為何而怒……全班共六十幾個人，女生也才十四個，排名第十三是怎樣?!——不、不是因為這樣……但，隱隱有種說不上來的

建議搭配音樂
蘇打綠・〈無與倫比的美麗〉

「不甘」！

之之對表格置之一笑：「醫學系男生就是這麼幼稚。」

班花喬安娜的分數跟排名當然都是第一——但，不應該是這樣的……

女生們交頭接耳，嘰嘰喳喳的討論著。緹娜順著表格看到最下方，末尾備註：＊**最想打炮**。喬安娜被打上的星號，是這個意思。

女同學在分組討論時找男生興師問罪，男生們開始顧左右而言他：「唉唷！那只是男生們好玩的啦！」「誰叫妳們女生要偷看啦！」

之之問：「你們全部男生都有評分嗎？」

男生又立刻你指我、我指他。

緹娜瞪視著一切，突然覺得眼前的畫面充滿違和感，卻說不出究竟是什麼，但她用力記住了這一切，那些用「玩笑」包裝的「侵害」，用「無心」掩蓋的「惡意」。

惡意在最初就是起始於這樣的笑談中。

‡ ‡

很久很久以後，她們在實習時遇上女王小莎。那時，三個女實習醫師剛進入臨

❶ Malala yoursafzai，巴基斯坦人，以爭取女權、女性受教育權而聞名的活動家，十七歲時獲得諾貝爾和平獎，為該獎項的最年輕得主。曾在二〇一二年於上學途中遭到塔利班組織槍擊。

床，才開始明白如何擺脫舊有框架，用不同視野注視周圍的一切。

猶記得在耳鼻喉科時，她們上了非常震撼的一課。

上課前，老師要求大家關手機，關上門。

「嗓音美容」，這什麼東西？

小莎狐疑：「這是幹麼？」

之之搖搖頭：「不知道。」

影片開始播放，內容卻無比衝擊。原來是一部講述男變女的變性人（以前常被俗稱人妖）接受聲帶手術的紀錄片，術前原本粗啞的男性嗓音，術後變成輕柔尖細的女聲。在當時民風未開的風氣之下，這部片真是讓緹娜大開眼界！

老師解釋道：「這些人如果不是到國外做手術，在臺灣只能被迫接受相對保守的醫療處置，還要承受相當大的外在壓力。」

螢幕上一個個有些五官仍顯粗曠、有些則是妝扮整修過的臉孔，沒有打馬賽克，全臉入鏡的說話、唱歌、講故事。術前的他們略嫌羞赧、眼神閃躲，但術後開口發聲時，一聽就是高八度女性的嗓音，那明顯柔性的氣質，讓臺下同學發出驚呼與騷動。但是，術後的每一個人都眉開眼笑，面露幸福。

老師繼續說：「你們看，這就是聲音的力量。讓每一個人在面對自己時能更坦然、更開心。今天之所以用這麼神祕的方式播這部片，最主要是不想讓個資外流。也禁止拍照，禁止錄影，因為這些人願意拋頭露面接受錄影，是我花了很大心力說服的。完全不打馬賽克就是要讓你們看，當人感覺到自己有力量時，臉上的神色、眼裡的光、嘴角的上揚，多美啊！」

在全閉門的會議室內，他們用這奇特的方式，見證了所謂「跨性別」、「跨框架」的力量。直到很多很多年後，她們才懂得這一切串聯起來，所代表的涵義。

她們之中，曾有人被質疑「妳一個女的幹麼走外科」，有的是「妳是不是眼光太高，所以都沒對象」，有的被問「妳那麼忙，小孩誰養？這樣對孩子的將來好嗎？」

我們教導孩子要自重、自愛自己的身體，「你是獨一無二的，你的身體是要被任何人尊重的」。為人父母我們將子女捧在手心，眼對眼、鼻對鼻的逗弄親暱，我們會希望懷中軟綿綿肉呼呼寶貝，長大後被逐漸歧異的外在壓力「評價」嗎？

那為何在長大的過程中，卻對女性開始加上諸多約束，穿漂亮一點的、表現多一點的就會受到指責？就像英國女星艾瑪華森（Emma Watson）曾在拍攝雜誌時穿著大膽，僅遮住兩點，卻被女性主義者批評，讓艾瑪華森感嘆：「這件事情讓我意識到許多人誤解了女性主義。女性主義應該是讓女性有選擇的機會，而不是讓別人攻擊其他女性的工具，女性主義是關於自由、解放以及平等，我真的不知道這跟我的乳頭到底有什麼關係。」

而要不要進入婚姻，又曾幾何時變成可受公審的項目？二〇一七年，南韓保健社會研究院發表的報告，甚至將南韓的低結婚率原因歸咎高學歷、高收入的女性。

婚後生不生？生的多不多？生完怎麼養？養著如何教？教完考幾分？……都別再比了吧！如果婚姻後的生活狀態這麼差，憑什麼強加在別人身上？對女性而言，與其比個不停，或讓豬隊友拖垮自己，寧可選擇自己負責！

於是，緹娜和之之對那些話學會了一笑置之，因為她們記得那句話：只要自己心裡擁有的強大力量，那些依附在「女性即弱勢」、「女性應該這樣評斷」的「侵害」，已經傷不到她們了。

女性從求學開始就不斷面對的「異性角度眼光」，評外貌評臉蛋，評身價評風評，還隨著年齡增長，被評婚姻評生育評教養評養育英才……什麼時候才能夠掙脫女友、母親、妻子這些被賦予的「身分」，單純作為女性本身，自在自信的追求自己所想要的呢？

緹娜回想當年，只恨自己沒有衝上去把那個名單當場撕爛。但沒關係，她還不知道，很多年以後，她會遇到一個成為外科（真假的？）作家（騙人吧？）的女醫師（跪），她的故事會被拿來激勵更多、更多人。

很多年以後，真的有女同學挺身反抗了——「美國馬里蘭州一所高中，有群男學生為校內女學生製作一串外表的評分和排名清單，滿分十分，取到小數點後兩位。讓一群女學生決定反擊，向校方檢舉這種物化女性及性別歧視的行為。」

仇女派、母豬教……這些名詞的創造者、網路發言的使用者，在真實生活面對異性時，也同樣「有力」嗎？

而腳踏實地、勇往直前的女性、異性、個體，用力生活的每一個人，直接跨過這些魯蛇的爭執，在真實世界裡創造自己的勝利人生。或許能找到隊友組隊、或許要一人打BOSS，那不過是機率問題罷了，一切的一切，都無關性別，是不需交給外界評分的。

因為，每一個人都「平等」。

馬拉拉曾說：「我是女性主義者，事實上我們全都是，因為女性主義的另一個名字叫『平等』。」

什麼時候，「婦女節」可以不再只是個節日？（或者試想，為何沒有「男士節」？），什麼時候，「女性」不再需要被特別定義為「弱勢」？甚至，什麼時候，跨出女性、男性的區分，當人自主地想要做出變換時，所謂的變性人，也能自在於公眾前露出笑容？

想起那一天，所有門都上了鎖的課堂，想起螢幕上勇敢面對鏡頭微笑的每一張臉，真正追求平等，擺脫既定框架，才能真正有所力量。正如艾瑪華森在聯合國動人的演說：「女性主義不等於厭男主義，女性主義相信男人與女人都該被賦予同等的權利以及機會，女性主義爭取著兩性在政治、經濟、社會上的平等地位。」

祝福每一個正在為自己發聲、捍衛、爭取、努力的每一個人。

每一個人，內在都無與倫比的美麗。

祝福未來，不再婦女節，也快樂。

震撼教育

緹娜跟之之展開了新的大學篇章，充滿期待。

其中第一件最大的活動就是大學迎新！還沒開學，就已經接到學長姐交代報到須知的電話，暑假期間就要開始準備了。

究竟醫學系的迎新跟其他科系有什麼不同呢？緹娜好奇的問了一下經過宿舍的凱蒂學姐，凱蒂嫣然一笑：「妳們去了就知道！」

緹娜高中時參加過很多大學營隊，深知自己沒有出眾外型，主要還是得靠熱絡參與來增加隊輔的關注度；之之因為媽媽需要她陪，一次都沒參加過營隊。緹娜出發前還特別跟她耳提面命很多細節，像是分組團康活動、大地遊戲、闖關遊戲等眉角。聽完這些，有社交障礙的之之深深覺得，早知道當初就像班上幾個「膽敢不參加」的同學，好好放暑假就好了……

她倆看著各種坡度高低起伏的校園，最後看到令人聞風喪膽的「好漢坡」頂端，矗立著由大二學長姐製作的「迎新門」時，之之都快哭了，緹娜則爆笑到快翻過去！因為大門設計成女人雙腿開開的造型，就像電影《心靈點滴》中，惡搞的羅賓威廉斯。每位新生都要從中間「鑽」出塞滿白色汽球的通道，才能進入會場。就連來開幕

建議搭配音樂
許瓊文╳賴暐哲．〈喵電感應 Cover〉（Jazz Big Band Version）

致詞的老師看到迎新門的瞬間，也都是目瞪口呆的表情。只能說，這就是專屬醫學系的震撼教育吧……

老師致詞完後，大二活動總召凱蒂學姐上臺，歡迎大一醫學系新生加入，接著把滿房間的氣球放進會場，要求每個新生在雙腳踝上各綁一個。下一個遊戲即將展開，一聲令下後，就要開始互相踩爆其他人腳上的氣球、也要防護好自己的。

緹娜跟之之老實的聽話照辦，卻覺得這氣球……好像有點怪怪的？

同班男同學小視則是一臉憨笑的說：「這要踩爆？最好是啦！」

一聲令下，所有新生立刻像猴子般又跳、又踩、又踏，卻沒有人能把這特製氣球踩破。

臺上的凱蒂學姐不停鼓譟：「快點、動作快！」

十幾分鐘過去，每個新生都氣喘如牛、面面相覷，凱蒂跟其他大二隊輔學長姐一齊爆出大笑！

「啊哈哈哈哈～怎麼可能踩得破啦！」

「看你們那表情！」

「你們不知道這是什麼氣球嗎？」

小視扶起差點腿軟的緹娜，也跟著大笑：「知道啊！這是保險套氣球！」

原來這是新生必經的橋段，被整為必然！

凱蒂笑著對緹娜說：「妳們不知道嗎？保險套超潤滑的，要吹成氣球還得先洗掉，超麻煩！而且又很硬很難吹，我們好多人嘴巴都快抽筋了！」

緹娜整個說！不！出！話！來！

接下來的三天兩夜，還有更多這種把新生整到滿地滾的遊戲：

支援前線：男生幾乎都被要求脫光衣服，只剩下小內褲，把身上衣物在地上排成一列比長度。

巧克力加牛奶：模仿前一人的動作、傳給下一位接棒，就會有一些故意的「借位」動作出現。

除了挑戰尺度的，也有溫馨的「小天使小主人」遊戲，活動開始前，先抽籤決定你要默默照顧的對象為「小主人」，寫情書、送禮物都可以，最後再公告相認。

這些活動，讓從沒參加過的之之來了一場震撼教育，她扯了扯緹娜的袖子：「妳覺得好玩嗎……」

緹娜正忙著參與小隊的開會討論、闖關遊戲，還要想隊呼跟最後大隊之夜的表演，已經夠忙了，哪來的時間抽空關心她的小主人呢。但看到之之一臉苦惱，只能隨口回答：「怎樣？還滿好玩的啊，妳覺得呢？」

之之落莫的說：「我沒想到這輩子第一次看到保險套，居然是在大學營隊踩氣球時……」

緹娜笑翻（σ ゚∀゚）σ

那麼多挑戰尺度、強逼尷尬、超乎日常的活動，要不是在當時的人時地情境下，又有傻傻跟著跳坑的朋友陪伴，在未來的人生幾乎是不可能再重演了吧。

但最尷尬的，莫過於最後的營火晚會。

小隊表演要演啥呢？整個醫學營活動氛圍已經走向「腥葷不拘」了，表演當然要勁爆啦！於是各小隊帶開自由排練，還上演諜對諜的場面，互相打探對方要演什麼。只要角落的某小隊傳出排練時的爆笑，其他隊就會緊張的上前刺探XD

加上場邊不時來回觀察每個小隊進度的凱蒂學姐敲邊鼓：「加油唷！準備用心點，晚會有神祕嘉賓唷！」

又不是奧斯卡頒獎典禮，那麼認真幹麼啦！

‡　‡

終於到了小隊表演的大會之夜，營火開場舞、營歌教唱、甚至是傳統到不能再傳統的「第一支舞」都出現了。

隸屬不同小隊的之之跟緹娜在場邊聚首，之之說：「我們的小隊表演很厲害唷！」緹娜好奇：「真的嗎？你們要演什麼？」

之之猶豫的說：「……其他隊友說不能講，不過我看等會就開演了，也沒啥關係，就跟妳說個線索吧，就是最近宿舍裡很紅的那個電動啊！」

緹娜看到之之手裡拿著小天使送給之之的雞排，心中納悶：「人家的小天使都有在照顧，為何我都沒收到我小天使的東西啊？」恍神之間，聽漏了之之說了什麼，正要再問清楚時，之之的小隊已經上臺表演了！

臺下坐了滿滿大一、大二的醫學生，還迎來他們所謂的「神祕嘉賓」——系主任。之之在臺上準備時，臉立刻黑掉，不只她，所有小隊員都黑掉了……因為他們準備的表演，是當時大學裡最夯的電腦遊戲「人體俄羅斯」改編的短劇。

內容什麼的根本不重要，更不用在乎臺詞或劇情，總之就是重現人體俄羅斯遊戲當中，用男與女的人體形狀排列成行，甚至在「正確」的姿勢出現時，還會發出呻吟聲。當時這遊戲推出，整個宿舍裡都是尖叫、笑聲跟遊戲的呻吟聲，紅翻了！

之之的小隊友們牙一咬，心想：「不管了！管他臺下是哪個大頭來，還是要演，都準備那麼久了！」

於是之之當旁白，剩餘的男隊友充當遊戲中的特定人型，一個個衝上舞臺、定格、對好位置、然後如所有人預期的那樣，發出「呻吟」！

果然臺下笑成一片！

演完後，之之下舞臺，衝到緹娜跟前正想開口，卻看到緹娜臉也黑了。

之之問：「緹娜，妳是擔心我們演的尺度太大，臺下主任會受不了嗎？」

緹娜雙手摀臉，久久說不出話，只是搖頭……

之之：「我覺得我們還滿好笑的啊！」

這時緹娜一指臺上，下一個小隊表演，竟然也是「人體俄羅斯」！

之之下巴都掉了……

緹娜放下手，閉眼絕望的說：「剛才大家笑，不是開心好笑的笑，是因為大家發現，所有小隊都要演一樣的東西……」

之之大吃一驚：「什麼?!那你們小隊也……」

「人體俄羅斯。」緹娜把話接著說完：「對，十個小隊，每個小隊剛剛互相問了才知道，全部都要演人體俄羅斯。」

舞臺上的表演終究要繼續，只是臺下已經犯尷尬犯到胃酸都要滿出來的觀眾、大一新生，作夢都沒想到會有這麼扯的一天……

之之掩面。・。・(つд｀。)・。・

倒是凱蒂跟學長們樂不可支，其實在各小隊輔回報表演內容時，他們就已經知道了，但凱蒂還是決定讓小隊員自己挖坑自己跳，實在太樂了！

看著一隊又一隊、一張又一張黑到已經笑不出來的臉，在舞臺上魚貫演出幾乎沒有差別的黃腔劇，發出已經空洞到回應不了臺下任何一點笑聲的「呻吟」，坐在最前排的主任，臉色也越來越凝重。

全部人默默忍受到最後一隊演完，凱蒂學姐上臺邊笑邊頒獎，邊調侃學弟妹彼此的「抄襲」，讓整個大會表演成了最黑色喜劇的某種現代劇。

緹娜覺得很無奈、但她是那種努力往前看的人，重點在於表演結束後，小天使、小主人就要相認了，這才是她整晚期待的重點！

之之有點煩惱，畢竟她已經被自己的「小天使」學長送了一堆小禮物，還直接表明身分要約她吃消夜，看緹娜一臉期待，卻遲遲沒有被小天使示好，嗯……還是別講好了。

揭曉時刻來臨，每個小隊員站在臺前，等著「小天使」從背後現身，這時會有各種趁亂告白或邀約出現，對從來沒有跟男生有任何類似互動的緹娜來說，真是最振奮的時刻！

她看之之上臺，一臉無奈的收下小天使學長送的花束（在營隊活動中還特別準備！），萬分期待著自己，終於，上臺，主持人整隊，一聲號令下轉身，鞠躬！

緹娜猛一抬頭——沒人！她背後沒人！

左右的小天使跟主人已經相認，只有她沒有小天使來認人！

緹娜一臉錯愕，接著失魂落魄的下臺，並肩跟（困擾的抱著花束）的之之走回宿舍。

隊輔突然叫住她倆：「妳們要回去了？大會結束晚上會有談心之夜耶！」之之拿出花束中、小天使學長不小心掉落的活動ＳＯＰ紙條，遞給緹娜看，揮手拒絕了：「嗯，我們累了，要去睡了。」

緹娜看到上面寫著：談心之夜重點：營造互吐辛酸的氣氛、燈光、女隊輔帶著哭。緹娜想起活動中那些患難真情、小隊克服難關、吊橋理論，還要熬夜談心到哭的各種必然；想到史無前例、最莫名其妙的「鑽過胯下」、「踩爆保險套氣球」、「人體俄羅斯」之夜……她忍不住掩面——超想翻桌的啊！

經過成人式的震撼大一醫學生迎新，拾起一點理智跟思考能力後就會發現，還不如回宿舍看日劇到天亮啊！

命運的紅線牽向何方？

醫學系新生的生活如火如荼，緹娜跟之之忙得不亦樂乎。這完全跟高中那種刻苦埋頭死讀死背、每個科目念三遍的方式不同，自由了！解放了！再也沒有人管你熬夜到幾點才睡，電腦網芳上抓不完的電影、日劇；生平第一次在臺北二十四小時營業的誠品書店窩著，浸淫在從未體會過的書香文青氣息裡；生平第一次從貓空夜景看到日出，人生各種紀錄紛紛打卡完成。

咦？好像都沒提到念書齁……是的，這一群臺灣教育考試制度下的生存者，對念書考試什麼的，早就應該駕輕就熟了！

應該。

但是！人生最怕的就是這個「但是」，之之屬於依舊苦讀型，整天蹲在宿舍角落煲她的用功粥，書桌上貼滿黃色N次貼，像是要鎮壓書櫃怨靈的符咒那樣。

而緹娜呢，正遭受到人生有史以來最大的打擊跟信念摧毀！

說到念書考試這件事，真是人外有人、天外有天！當緹娜在課堂上狂抄教授稀哩呼嚕狂講一通、根本沒有管臺下有聽沒有懂的筆記時，美女喬安娜正在宿舍睡到一個天昏地暗；當應運大學必備的「共筆制度」，共筆組如同狗仔隊般雙眼噴火的筆記、錄

建議搭配音樂
The Road Hammers・〈Mud〉

音、拍照，外加旁敲側擊老師可能會出的考題時，喬安娜連課本是用哪本原文書都不知道XD

緹娜忍不住問：「喬安娜，妳這樣念得完嗎？」已經是考前一天了，她有點替喬安娜擔心，期中考範圍有兩百多頁原文書耶！

但喬安娜只是微微一笑：「可以呀～」關上寢室門，回頭去睡美容覺。

結果證明，緹娜自己才是需要擔心的那一個。

考試當天，喬安娜第一次移步前往教室，她在門口愣愣看著教室內，原來她不知道教室是哪間，也不確定老師長什麼樣子，緹娜又好氣又好笑，揮手叫喬安娜進來，要開始發考卷了。

所謂的open book考試，原文書放在桌上翻沒關係，因為老師出的題目，會難到你就算翻了也找不到正確答案！

緹娜邊寫邊懷疑自己、懷疑人生，奇怪？怎麼有看沒有懂？更……這該不會是什麼論文題目吧？哇……不管書內怎麼翻來翻去，都不會寫啦！

哭哭。。、(ﾟДﾟ)ﾉﾟ。

沒！想！到！就在這時，喬安娜提前交卷了！

之之跟緹娜驚訝的抬頭看她！

緹娜心想：「該不會她這麼快就放棄了吧？」而這驚訝猜想，當考試分數張貼在教室門口時，整個被徹底擊沉。

緹娜考了個不及格，之之低空飛過，而喬安娜——竟然第一名！

緹娜問喬安娜到底怎麼辦到的，她淡淡的說：「嗯……還好耶，就考試前一晚大致翻了一遍啊。」

聽了這回答，緹娜整個內心都在跪地吐血「（´ㄒ`」∠）」

這臺詞分明是她高中成績輾壓全班時，還故意放話「我只念一次」加撥劉海的說法啊！

緹娜開始觀察同班的同學，赫然發現這種不知「記不住」為何物、字典裡沒有「看不懂」、「念不完」的人，超多！就像日本節目《東大方程式》裡，說著「高三每天的讀書時間有沒有三小時都很難說」、「考前沒怎麼讀書就考上東大了」那些欠揍的話，不是刻意為了激怒人，而是他們就真的這樣！

再說說她的大學男同學阿鬼好了，明明聯考分數高分卻低取，只因為不想到外縣市念大學。緹娜想起自己挑燈夜戰的那些年，看向依舊認真的室友之之，她突然領悟到了什麼……

一摔課本！開始更安心玩耍了！XD

‡ ‡

然而這樣的生活，到大三出現迥然不同的挑戰，也是每個醫學生聞之色變的「大體解剖課」來了！

這堂課有著吃重的八學分，早上四小時被拉丁文跟英文學名轟炸，下午四小時則被熏鼻刺眼的福馬林轟炸，連喬安娜都認真進教室了。畢竟要翻動實體才能真正看到、摸到，這就是大體解剖課的精髓，真正將醫學生跟其他通識課程大學生區分出來、非常不同的地方。

第一堂大體實驗課，一具具大體老師從福馬林櫃撈起，解剖課開始，他們知道了第一件震驚的事實——大體是趴著的！在簡單行禮過後，所有醫學生從肩部開始下刀，今天的進度是卸下整隻手臂，找出臂神經叢。

同組的之之、阿鬼、緹娜面面相覷。

都還沒見到正面，就要先切掉人家的肩膀啊……滿滿的OS浮在空氣中。

最後緹娜硬著頭皮、拿起刀片畫下，心中震撼於大體解剖課的第二件事實：上課是不戴口罩的！

雖然沒有硬性規定，甚至還有發紙口罩，但授課教授跟助教都沒人戴口罩，一問之下，他們說：「習慣了，而且這樣比較尊重。」大家也就放下本來欲拿紙口罩的手。

實驗課的進度有快有慢，之之跟緹娜認命的輪流下刀，但阿鬼一個大男生，竟然整臉慘白。助教靠近關切，阿鬼只是低頭狂搖。

助教大笑：「沒關係，習慣就好，如果不認真分，到時這科被當，暑期可是要補修的，一整個暑假都要洗大體唷！」

阿鬼只好咬牙，頂著更白的一張臉起身工作。

數小時後，扯斷的、割爛的，各組狀況不同的臂神經叢慢慢顯露出來，實際進行時，不得不邊翻書邊找實體，緹娜跟之之都超擔心自己的原文書會染上福馬林的味道，更不用說那個臂神經叢有多複雜了！

緹娜換手後，之之接著繼續挖，緹娜走到隔壁組看喬安娜他們的進度，正好聽到喬安娜在指著神經比對。喬安娜把圖片中所有名詞全部照順序講了一次，還把神經控制的肌肉、肌肉走向、血管跟神經彼此之間的交錯位置，一口氣全部講完，搏得滿堂彩！

緹娜驚訝的問：「天啊！老師今天早上才上完這些名詞，而且是用飆速的，妳怎麼記得住？有事先預習嗎？」

喬安娜微微一笑：「沒有啊，老師不是早上有講？」

老師不是早上有講））不是早上有講）））早上有講……

是有講啦但那是包含在數百個新名詞當中欸我的媽呀！妳不要講得好輕鬆自在好像在指妳家地圖好嗎！

緹娜倒抽了很多口氣，人外有人、天外有天這句話，真是一點都沒錯啊……

‡　‡

上大體解剖課那學期的壓力之大，讓之之的讀書角落更加陰暗了，總在角落苦讀的她，除了那次失敗的聯誼，鮮少再參加課外活動。比起交際，她更能在房間座位區畫下的結界裡悠然自得。至少努力念書就會有收穫。她這樣想。而略為邋遢懶散的緹娜，三餐都配原文圖譜邊吃邊背，儘管書本畫面極其噁心，還是不比根本背不完的每天三百多個拉丁單字痛苦；阿鬼整天上課就哎聲嘆氣、哭哭啼啼，一直要緹娜幫忙切切割割；喬安娜偶爾會現身上個解剖課，其他時間就跟還在重考、非醫學系不念的男友約會到不見人影。這學期被熏下來，福馬林那特殊的化學味會滲入整個皮膚，無論怎麼洗都聞得到，連書本打開也都是。每次醫學系學生出現在餐廳，蒼蠅跟人群都會退避三舍！

終於，昏天暗地的大體解剖課之後，傳說中的「大體考跑臺」來了！十多具大體一字排開，用紅線拉出要考的部位，可能是一條神經、一條血管、一塊肌肉，就看老師的心情如何。面對教科書用背的都已經很勉強了，實際對應到真正的人體上，會有各種大小粗細不同、位置變異、一條神經變兩條的情形，更是讓人頭痛！

考前，阿鬼翻看著大體，疑惑的問之之：「欸，這條神經是啥？圖譜上怎麼沒有？」

緹娜湊過來，三人翻找著前後上下，把周圍可確認的部位一一排除後，確定是圖譜上沒畫、可能為變異特別怪的神經。

大家你看我、我看你，最後決定……把怪神經藏起來，塞回去！拜託～正常的都背不完了，神經大大請您行行好，消失吧！已經一團亂了，別來煩啊！

當助教在講臺上公告，考前一週開放實驗室讓大家進來惡補，以及不可以亂動亂碰等注意事項時，阿鬼他們正偷偷把不想被考到的地方又塞又埋的。

助教提高音量：「不要以為我看不出來唷！」

眾人心頭一驚！

‡‡

考試當天，緹娜跟之之已經背名詞背到快要吐，衰退的記憶半衰期以秒為記。進入考場後，一分鐘一題，一百題考下來也要一個多小時，專注力跟體力都是考驗。每題時間到鈴響，大家就同時間往下一題移動。

崩恰恰——崩恰恰——偌大的實驗室裡，上百人整齊畫一的跳著華爾滋？宮廷舞？鄉村方塊舞？真是超級奇觀！只差搭配音樂了XD

考試中間偶有騷動，比方紅線掉落啦、指示的小紙條飛走，緹娜心中默默祈禱，考到自己組上的那具大體時，不要被發現、不要被考到、那、條、變、異、神、經啊！他們一題一題的前進，然後，終於看到，那條神經被抽出來綁上了紅線……

整個暈倒（ﾟ∀ﾟ。）

果然還是被助教發現了啊……那叫什麼神經來著？慘了，亂掰吧！還是是那個名字呢？嗯可是……大體解剖課就在這樣的天人交戰中結束了。

然而，還沒真正的結束！

考後一週，大家突然接到通知，要到警局按指紋做筆錄！阿鬼跟緹娜嚇得揣測，是不是因為偷塞神經被發現，要被懲罰？

沒想到是助教在檢閱考卷時，發現有作弊嫌疑，好幾人的答案錯得一模一樣，如果只是答案錯或許還不明顯，但這些人幾乎滿分，全部都錯相同的題目，而且還是助教考試當天早上才臨時更改的題目，那就非常奇怪了！

實驗室之前開放一週時間，連晚上也二十四小時開放，只有考前一晚為了出考題，助教會鎖門。後來調閱監視器發現，助教離去後，居然有人從氣窗爬進實驗室，還就在氣窗上留下明顯的手印痕，難怪要採指紋！

全班同學當然被個別的獨立訊問，助教氣到吐血、在講臺上7pupu，無不感慨萬千。最後事情不了了之，大家極有默契的不再提起，每個人心中都有一個金田一爺爺、隱約知道兇手是誰……

還有一件最震撼的事——不受作弊事件影響，考滿分的喬安娜要轉學了！正確的說是她在陪男友重考時，也順便一起報名了聯考，結果又考上一次醫學系，還是全臺灣最強的那個醫學系……

這段期間，之之跟緹娜可是拚死拚活的在準備大體考試欸！有沒有這樣的啊！歡送喬安娜後，緹娜認真理解到，在這龍蟠虎踞的醫學系中，金字塔頂端中還有更金字塔頂端，她就跟那條變異神經一樣，不知道自己的定位重不重要，不知道何時，會有命運的紅線把她牽向何處啊！

〈我一定要掐死你

解剖課成績出來，緹娜跟阿鬼被當，整天在宿舍裡煲書粥的之之當然順利過關。喬安娜在宿舍收拾行李跟大家告別時，緹娜正好收到助教通知暑期要補考，發出痛苦的哀號！她硬著頭皮跟助教核對了一次答案，發現自己扣掉真正不懂不會亂寫搞錯的，只差一題就低分過關了。

阿鬼正好走進助教室，緹娜問：「你也被當？」

阿鬼燦笑：「嘿呀！」笑個屁！不過至少有伴，覺得好了一些。

緹娜跟阿鬼聽完助教說暑假都要在學校實驗室幫忙，還有一次補考，緹娜都快哭了……大學生的暑假耶！正是學校鬧空城的時候，誰想留在實驗室啊QQ。她不禁在心中為自己荳蔻年華的大學暑假點了一炷香、敲一聲鐘、誦一輪般若心經。

這時，只見助教微微一笑：「喔對，忘了跟你們講，是我們這個實驗室喔。」他指指地板。

緹娜一愣，這裡？這裡不就是……大體解剖室？解剖助教的辦公室就在解剖室旁邊的小間。

緹娜瞬間內心吶喊：「什麼?!」

建議搭配音樂
藥師寺寬邦．〈般若心經〉

是的，她整個暑假都要泡在福馬林的世界了！Σ（lliД。ノ）ノ

助教撇撇嘴：「要準備下學期的大體教材啊，不然咧！你們以為解剖課隨便就可以上喔？」

緹娜跟阿鬼要負責處理下一屆學弟妹要用的新一批大體，有十二具。

緹娜崩潰著走向餐廳：「為什麼？為什麼就錯那一題？我不要啊……」

阿鬼輕鬆的咬著三角飯糰：「那題？妳說臂索神經叢變異那題嗎？」

緹娜猛的轉頭：「對！你也寫錯了嗎？」

整批考題中，只有一題考臂索神經叢，當時填寫時，緹娜看著紅線牽連到細小的神經條上，百思不解……這算變異嗎？她記得考前複習時，助教有說變異不考，那這條怎麼不在記憶中那幾條更有考試價值的大神經上？要是舉手發問，又怕根本是自己沒記好……怎麼辦，這是最後一題了、順序早她一個填寫的阿鬼還轉頭對她一笑，笑屁啊！寫不出來了啦！

只好亂掰一個吧！

結果就寫錯了。。（。ˋεˊ。）。

八學分的解剖課硬得要命，沒過就只有暑期補考的最後一次機會，再沒過就只能延畢，跟下一屆學弟妹重修，超慘！而且解剖這一堂擋修太多課，要是沒過，後面的神經解剖、病理……都不用想修了！

緹娜沮喪的看著手中那盤自助餐裡的燉牛肉，想到又要回去翻攪那些肉乾……雖說已經習慣了，但想到竟然可以習慣這種東西的自己，突然又是一股悲從中來。

阿鬼邊嚼食物邊說：「助教有說，那一題就我們兩個人錯而已，不可能給加分。」

緹娜一驚：「啥？」阿鬼怎麼知道，她才在想有沒有機會去凹加分……

阿鬼繼續若無其事的說：「啊就因為等我考到那格時，紅線指標好像掉了，所以我就把它抽出來，放在我覺得應該會考的地方上。」

啥?!（⊙Д⊙）（⊙Д⊙）（⊙Д⊙）（⊙Д⊙）（⊙Д⊙）（⊙Д⊙）

緹娜覺得自己快要失去理智！原來就是被眼前這傢伙害的！她腦中浮現抓住阿鬼脖子前後搖晃，然後掐死他的畫面。

阿鬼開朗的笑，「我有問助教可不可以幫妳加分，因為妳在我後面考，算是被我害到的。」

對啊、對啊！

「助教說不可以。」

「助教說，發現題目有異就要馬上反應，事後都不算，哈哈！」

ㄍㄋ……

媽的笑屁啊 =___=凸

將來有機會，我一定要掐死你！

‡　‡

暑假到了，除了帶營隊的，大家都跑光了。緹娜整天被阿鬼拎著晃蕩於女宿跟大體實驗室之間……超抗拒啊！雖說一樣是回宿舍看日劇到快天亮睡死死，再被阿鬼的電話叫起床，到實驗室聞熏鼻嗆淚的福馬林一整天……

不過說真的，整批整批新的大體處理起來，很驚人。經由捐贈而來的大體，每個都有小本資料附上其生平，或是由於宗教信仰、或是自身發願、或是生前受惡疾所苦……到了這邊，都一樣。

一開始，助教帶著他們進行一個簡單的小儀式，一一審視每具大體生前的隨附資料，有的還會附上家屬特別加註的小卡。卡片上稚嫩的筆跡、拼錯的注音，資料內捐贈人所發的願望，緹娜都牢記在心。

其中有一句最讓她震撼：「我寧可這些學生在我身上劃錯一千刀，也不要他們在病人身上劃錯一刀。」

儀式完成後，開始製作流程。新來的大體是冰存狀態，有些需要放置解凍，等軟化、冰水流掉後，「哐噹」一聲，沉降式的大鐵櫃會打開，大體慢慢被帶上浮起，然後用鏈床搬動。

人體當中的血液會被替換成福馬林液體，替換度越高越好。問題是，心臟已經停止功能了，要怎麼讓舊血或血塊移除，流入新的福馬林呢？這時就要把股動脈截斷，放入小水管，用幫浦加壓的方式灌入福馬林，並將另一端的股靜脈切開，讓被逼出的舊血水跟細小血塊流出，這樣的過程幾乎要花上一天。

直到觀察福馬林液體的預計注入量似乎達到、也可以觀察男性大體的陰莖勃起了，連靜脈內都充飽，就夠了。

阿鬼一開始聽到助教說明評估方法時，差點噴茶。一旁的緹娜瞪了他一眼。

在大體面前，要認真。

就這樣忙了好幾個禮拜，累到回宿舍後日劇也不看了，倒頭就睡，直到補考前一週才又急急忙忙的開始準備。不過這次，緹娜心中底定了不少。因為她更深刻體會到人體、皮囊、軀殼……不管怎麼稱呼它，裡頭的學問是奧妙而浩瀚的。器官為什麼要在這個位置，原理是從胚胎發育起就開始，甚至結合了物理人體工學。

實驗室裡有兩具用真人骨做的全骨骼模型，一男一女，可從骨盆區分出性別，也被他們取了小名——太郎跟花子。要用細鐵絲模擬神經，穿過厚厚骨骼壁到達另一端時，這種神奇的設計翻模模型完全做不出來，就只能靠太郎跟花子了。把脊椎三十三節骨頭照順序用繩子串起，再翻揀福馬林浸泡不足的腐敗組織檢查，就會發現原來是某條血管栓塞了。

幾乎每天忙到天黑，但是很有收穫，補考也順利完成。緹娜淚流滿面的接下助教改完、依舊低空飛過的成績，轉身準備回家，放剩不到幾週的暑假了。

「等等，還沒完耶！」助教叫住她。「還有神解的沒準備耶！」

緹娜一臉疑惑：「什麼神解？」

神才能理解？神經病才能理解！

助教悠悠的回答：「就是你們自己下學期要上的神經解剖啊，這次暑修，要連神解的材料都要備好喔。」

緹娜倒抽很多口氣，看向阿鬼，只見他眼神游移，不敢直視……一定又是他搞了什麼鬼！

緹娜拎住阿鬼的袖子往外衝，來到外面後直接把他壁咚在牆上！也不管阿鬼還高她半個頭，激動大吼：「你又跟助教說了什麼？怎麼現在又說神解的也要！我不管，你給我說清楚，到底神解什麼助教說怎麼……」氣到語無倫次了！

阿鬼擺出大大的笑容，解釋：「唉唷，不是啦，就，我看妳好像滿有興趣的，助教問說要不要繼續留下來幫忙神解的材料準備，我想說，神解很難嘛，多準備點，將來就輕鬆點啊，就答應囉！」

緹娜爆炸大吼：「我不要！我要回家放暑假！」

阿鬼推著她的雙肩回實驗室內，又哄又勸：「助教說神解準備很快啦，幾天而已，而且他會幫我們先複習，這樣下學期就輕鬆囉！」

緹娜垮著嘴角問：「……輕鬆很多嗎？」

阿鬼挑了挑眉 XD

回到實驗室，只見助教拿起電鋸，正要把一具腦部還沒挖出的大體交給他倆處理。

緹娜覺得頭好痛……（扶額）。

刨出的腦部彷彿小外星生物般，整個腦組織像灰色的豆腐，軟軟趴搭趴搭的。接下來要切片，每片厚度一公分。由於腦的結構是超乎人類想像的立體，內部連結錯綜複雜，幾乎每片細切後，看到的剖面都不一樣。

助教說：「怎樣，腦部相對簡單吧？」

阿鬼自信滿滿，本來對人類大體還有些抗拒，到了腦部就精神奕奕起來。反倒是已經非常憂鬱的緹娜更是沮喪爆了，她翻了一下神解課本，果然都看不懂！果然又要比神人記憶力！果然她下學期還有得熬了！

那既然這樣，她在這裡額外做這些又有什麼用啊。・゜・（つД`゜）・゜・

助教也閃人了，剩下阿鬼在她旁邊切得不亦樂乎。

緹娜看向自己好幾個月沒照到太陽的慘白皮膚，垮著臉說：「阿鬼啊，你該不會以後要當外科吧？」

阿鬼頭也不抬：「沒啊，我爸是醫生，他說我當外科就打斷我的腿。」

緹娜伸長手攤在桌上：「那你幹麼那麼有勁的做這些啊，我都快受不了了……」

阿鬼抬頭眨眨眼，只是笑。

緹娜轉頭嘆氣：「唉，算了，你快點弄好吧……」

這時，助教突然衝進來：「阿鬼，你在幹什麼?!」

大家全部愣住。

助教一把搶下阿鬼手裡的刀跟腦：「你切錯角度了啦！」

原來人體的立體角度，依照中軸的方向，分做矢狀切（sagittal view）將人分為左右）、冠狀切（coronal view）將人分為前後，總之，就是要垂直或平行。

結果阿鬼一個恍神，全切成微微傾斜了十五度！這樣片出來的腦部組織非常難看懂。畢竟都是靠著只差一公分、距離明顯好辨認的重要結構，來推斷現在眼前看到的部位，所有圖譜課本都是矢狀切、冠狀切，現在給我來一個斜十五度切?!

助教扯著頭髮：「我下學期就要用這具當教材啊！還要封模灌蠟做標本的，你現在給我這樣搞，看我不掐死你！」

阿鬼一手拿刀，一臉好無辜，緹娜一旁不斷竊笑XD

助教深吸一口氣，冷靜下來後說：「好，這是你們這一屆全體的共業，下學期就用這個來考試。」

不要啊——！

‡　‡

下學期的神解，阿鬼切歪的腦切片果然讓大家邊背邊幹譙，阿鬼夾著尾巴，一個屁都不敢放。在各種哀號四起中，阿鬼榮登他們該屆，最想要掐死的人。

實做課上，他可能想將功贖罪，又或是想展露一手暑修練出來的解剖好身手，自告奮勇要做神經解剖最辛苦的第一步驟——取頭骨。

電鋸嘰嘰作響，骨屑跟血水紛飛，眾人紛紛閃避，而阿鬼自信滿滿：「這個腦部頭骨很硬，要切得夠深才能鋸斷dura（硬腦膜）層，然後要很小心的馬上停住電鋸，不然會鋸到腦組織喔。」

眾人點頭稱是。

阿鬼沿著眉骨環切一圈後，果然聽到「啵」的一聲，鋸到了！阿鬼姿勢一百的準備取起頭骨，還不停說明：「腦組織會有一點黏住頭骨，所以要先鬆動足夠，再一鼓作氣的用力～～」

眾人嘖嘖稱奇！

阿鬼咬牙：「拔起！」他雙手用力一扯，頭殼還因力量過大，往側邊一歪……

嘩！大家都趨前一探，腦出現……腦……？腦咧?!

本來預期要看到頭蓋骨掀起來後完整的整個腦部，結果沒想到看到的是直接通到顱底骨！沒有腦！天啊！這病人沒有腦！

全班陷入尖叫！

阿鬼也整個驚呆，雙手一軟，差點握不住頭顱骨。

助教這時看不下去了，指著阿鬼說：「在你手上啦！」

什麼?!

驚愕之下，所有視線掃向阿鬼，他雙手捧著的頭顱骨上，竟然整顆腦就黏在頭顱骨上，被硬生生拔起來！

眾人崩潰，全體開始混亂鼓譟，阿鬼一臉囧樣。

緹娜靠近，拍拍他的肩：「沒關係，至少我確定，你將來真的不要當外科比較好。」

全世界唯一可以把人腦當成「老闆要不要買燒賣」鬼故事來示範的，就只有你了！

〈鬼故事〉

緹娜就讀的大學緊鄰山坡地，學生活動中心的平面樓層的相對高度，是另一棟宿舍的十四樓，而該倒楣的樓層正是男生宿舍。換句話說，男生從一樓出發，揹著各種厚重的原文書還要爬個上千層樓梯，才能到達一般活動區域的平面。

美其名「好漢坡」是也，每年校際運動會還會舉辦爬好漢坡比賽，男、女冠軍各會鑄牌釘在樓梯上，供人氣喘吁吁時吐血用。

山坡地就山坡地吧，除了有不遜於貓空的夜景，天氣好時還能眺望整個臺北市倒映的河景。想當年，全班浩浩蕩蕩去貓空班遊，到達貓空後，眾人還一片失望：「就這樣？還不如回宿舍躺在床上看。」

臺北盆地的雲飄到學校，就變成全年壟罩的大霧，潮濕得只要一週，衣服就會發霉。不只如此，學校內還有一個最神祕的地方——理應完全剷平的平面活動區域，居然有一塊五坪大小、約兩層樓高的小土丘，矗立在校園正中央，最最不可思議的是，土丘上，清清楚楚的有一個墓碑！

因此，當年學生夜訪神祕區，就像吃宵夜半路晃過去打卡一樣自然。臺大的傅鐘、清大的生態池、嘉義學生晃去民雄鬼屋，這些地區現在根本可以直接在地圖上擺

建議搭配音樂
Lana Del Rey・〈Young and Beautiful〉

個QR CODE，讓大家按讚。

就連強者我同學「俊」，當年帶妹晃去民雄鬼屋，才正要開把，就聽到屋內黑暗處傳出悠悠的聲音叫著：「俊～」差點沒嚇到他尿褲子！

原來是他另一組同學也在夜訪鬼屋中XD

事後他說：「有妹在，再怎樣都要憋住！」

要是緹娜一定會當場哭出來！她超怕der！不同於溫吞的之之，女漢子緹娜是惡人沒膽，反倒之之對牛鬼蛇神根本無感。

緹娜怕鬼怕到什麼程度，國中時熱門爆紅的《七夜怪談》，死黨看完後興高采烈的跟她講了一下午，那一週她的心理陰影面積大到在家都要繞道走過漆黑沒電源的電視；電視不小心轉到《鬼娃恰吉》後，她從此抗拒任何有眼、有臉的人型娃娃；在醫院值班，第一次送走臨終病人，緹娜還認真地抬頭看看天花板，確定沒有任何漂浮物體。不過後來都因為忙於各種死亡診斷書或醫囑開立，一次都沒有遇過（握拳）。她很堅持工作歸工作！（再握拳）穿上白袍就殺氣外露，私底下是個無敵俗仔～

所以這些鬼故事聽到、想到，還是超怕的。

٩（ŏ~ŏ、）۶

‡ ‡

之之就是在那學期後，開始看到了一些「東西」。

首先是某次離開大體實驗室，一出大樓，看到那矗立的小土堆時，她一臉專注的盯著土堆看了許久，問她在看什麼？她只搖搖頭說沒有。

再回到大體實驗室，眾人先後離去，獨留她一人最後關門，她回宿舍後一臉欲言又止，卻又沒說什麼。

又一次，晨間讀書時，當時女宿舍所有房門都大開，房間兩兩相對，可以直接看到對方的房內。她一人在對面房間邊吃早餐邊念大體，突然她推開椅子站起來，衝來對面房間問說：「剛剛走過去那個學姐，妳們認識嗎？」

眾人不但紛紛給她一個囧臉，還是一張張帶著害怕的囧臉。

緹娜問：「什麼走過去的學姐？剛剛門都開著，根本沒有人走過去啊！」

之之緊張的說：「有啦，有一個穿長裙的學姐！之前在那個小土堆那邊出現時我就看到了，後來在大體實驗室她也是一個人在角落，我還以為她是哪屆學姐回來找資料……」

越說越毛！

緹娜發著抖：「什、什麼學姐？」

之之回答：「啊剛剛就學姐經過走廊，往另一個方向過去，她經過我房門時，還停下來看了我一下，點點頭才繼續走。」

緹娜：「等、等一下，妳說她往哪裡走？」

之之比了比走廊那一端，瞬間，在場女生都爆出尖叫！

走廊那邊除了窗戶，別無一物，死路是也。

而且，宿舍在十四樓！

從那之後，醫學系女生進出實驗室都會成群結隊，路過小土堆時更是快步經過，畢竟沒事受驚嚇，腦細胞可是會死掉不少，好不容易才背進去的名詞又會忘光了！

好不容易熬過該學期，眾人都歡喜的威脅要把大體書燒掉，因為「只要以後不走外科，根本不會再用到」，結果怕鬼怕得半死的緹娜，暑修要窩在大體實驗室一整個暑假……真是……上帝的神來一筆？

其實，之之也有怕的東西。她除了很怕媽媽生氣，最怕的就是軟軟的蟲了！蝸牛、蛞蝓、海參……那種有黏液、會蠕動的，簡直是要了她的命！

有一次騎機車撞到路邊食材行在處理的海參，整桶及胸高度的大桶子泡滿了海參，「碰！嘩啦！」的打翻了，瞬間上千隻軟Q帶有一點棘毛的黑色大蟲就撲滿她全身。

據說之之是用高八度音狂跳狂叫，機車也一甩不要了，嚇壞整條路上的人！

‡ ‡

緹娜跟之之揣揣不安、猶豫恐懼，總算來到新學期的新課程，不用再挖著、敲著大體老師內外翻一輪了，卻迎來傳說中學長姐們警告，「真的會吃不下東西」、「完全毀三觀」的寄生蟲課！

寄生蟲？那什麼？能吃嗎？

當然不能，但一上了課，就知道我們不知不覺！竟然！接觸！共處！甚至吃下了那麼多！

寄生蟲課助教從市場買了上百條白帶魚：「來，我們今天教的這隻蟲叫『海獸胃線蟲』。」說完就一刀剖開魚肚，沒幾秒就用鑷子夾出半透明、白色螺旋狀的小蟲，一隻、兩隻的丟出來。

「你們每人拿一條魚，夾多少隻，這節實驗報告就拿幾分唷！」

緹娜跟之之慘白了臉，為了分數，只好拚了！

雖然有些納悶這樣分數會不會高低不公平，結果事實證明，每個人都拿到了九十幾、甚至破百的高分……

阿鬼看到分數沒到一百分的同學，還興高采烈的說：「來來來，我這裡有多的，分你～」

之之強壓著滿腹的作嘔，只聽到助教高聲問：「你們實驗完的魚，有沒有人要帶回去煮來吃？」

靠……真的假的？

緹娜哀號：「誰敢吃啊！」

助教不疾不徐的回答：「拜託，這都挑過蟲了，比你們之前吃的都乾淨好嗎？」

之之顫抖的舉手發問：「所以……助教你的意思是，我們以前都吃到過？」

助教點頭：「當然啦，妳看這數量那麼多！」

之之胸口一悶，再也說不出話來。

助教安慰：「沒關係啦，妳就想，煮熟吃下去，也是動物性蛋白質啊！」

——並不想。

寄生蟲課果然威力驚人，只要他們在課堂上學到哪種寄主，就會讓之之崩潰半年以上，不敢碰那種動物。野外動物寄生蟲紀錄片介紹了狗背上的、人身上的……之之整個學期看到校狗都閃半個操場遠；講到牛肉跟豬肉絛蟲，一學期不敢吃豬肉跟牛肉。

不只本來能吃的被嚇到不敢吃，他們還要做一堆匪夷所思的準備：去挖實驗室後方動物飼養區的野豬大便，還得邊驅趕豬，才能安全搶到大便；把廚餘留下來，每組各自保管一個禮拜，任其腐臭然後長蛆——是的，蛆。

真實約莫米粒大小的蛆已經夠恐怖了，在實驗課卻是要把蛆用放大鏡直視，把蛆斷頭、拉出整段完整的消化道，然後畫出來。助教還要求不能截斷腸道、要拍照保留，完整比對。

之之整堂課都在崩潰。試想，肥嫩扭動的蛆夾到放大幾十倍的試鏡下，那個逼迫感、那個立體感，要用鑷子先夾住口器後一點點，約莫是頸部的位置——是的，請辨認出肥滋滋的蛆有看起來像脖子的部位，然後一手用鑷子壓住，另一手的鑷子把整個口器連頭部拔斷抽出！

在放大鏡下，一切都好～清～楚～啊！

那個扭曲細線般的腸道，整個嘩啦啦抽光的瞬間，那個掙扎到最後，蛆瞬間爆裂「噗滋」的瞬間，在燈光下、顯微中，背景音都能活靈活現的聽到，幾乎就要聽到每隻蛆在喊：「不要！放手！啊～～」的慘叫聲了，而且還要重複十幾次這樣的動作。

阿鬼抱怨：「好難夾唷，一直斷！」

緹娜摸索著、勉強試了幾次，轉頭一看臉色慘白、魂都飛了的之之，以超怪異、垂直九十度、雙手懸空在桌面上約十五公分距離的地方，定格。

緹娜問：「妳在幹麼？」

之之氣若游絲：「我……在……癱……軟……」

緹娜又問：「那妳怎麼不直接癱在桌子上？」

之之說：「我覺得桌子都有蛆爬過，好噁心……」她整個臉扭曲成一團，「天啊，這學期的蟲蟲課太痛苦了！我寧可回上學期去上大體……」

緹娜嘆氣：「至少寄生蟲課簡單多了，考玻片考跑臺，很多看一眼就知道哪種蟲，根本送分。不過，我也覺得滿噁心的。」

阿鬼在緹娜旁邊學習得興味盎然。的確，一堆肝吸蟲隨便長就好幾公分大，在載玻片上根本連放到顯微鏡下都不用，就能辨識出來。甚至像麥地那龍線蟲，大到要用木棍捲著蟲的身體，才能慢慢從人類腳部的傷口拉出，甚至有此一說：醫學的蛇杖標誌就是由此演變而來。

一整個好漂亮有沒有~肝吸蟲！好有趣啊！阿鬼甚至用了七種蛆排成愛心，要秀給緹娜看。無奈蛆活跳跳的扭著爬開，等到緹娜總算轉頭過來時，愛心已經看不出來了。

實驗結束後，阿鬼約緹娜吃飯，之之沒食慾就沒跟了。

緹娜坐上阿鬼機車後座，還在碎念實驗課的巨大心靈衝擊，阿鬼一眼瞄到路邊某家餐廳，就決定是這家了！

直到上菜時，阿鬼都還無比開心，想著：「今天我排了愛心，還成功約出來吃飯，真是太幸運了！」

而這廂，緹娜看著端上來的炙燒鮭魚握壽司，用力看了阿鬼一眼：「真的假的？」

阿鬼一個勁的呆萌微笑。

緹娜心中完全擺脫不去蛆啦、肝吸蟲的畫面，那畫面跟眼前這壽司有87分像，看看點菜的阿鬼，竟然吃得津津有味！

她把盤子ㄊㄨ到阿鬼面前：「這給你。」自己點了蒸蛋。

一個二愣子、一個滿肚賭爛，看來這愛苗連火柴都還沒點，就「噗滋」熄滅了。

〈史上最放浪形骸的白袍之夜〉

追趕跑跳著，就要結束大學四年的單純學生時期，進入醫院了，可怕的實習生涯即將展開。

醫學系七年，前面就是埋頭苦讀，後期則要開始接觸病人、累積臨床經驗。每個進醫院實習如同從黑洞般回來的學長姐，都只有一句話——好累。接著開始各種咒罵。同學號的各屆串聯家聚時，只要已經進入醫院的，講話都如天書一般難懂。每個醫學系學生都要面對這一關，心裡說不出是期待還是害怕。

書本還是單純好背啊，又不會雞同鴨講，拿你是學生刁難你……連學長們都這樣說，聽起來更可怕了。其中最最不能接受的，當屬班上一向特立獨行到全校皆知的同學，小視。

小視，視覺系熱愛男，因而得此綽號。他曾經主辦一場日本樂團「月之海」的歌曲卡拉OK大賽，而他最受矚目的就是那一頭長髮跟每個月都會變化的髮色。之之細數過，有藍、黃、七彩、紫、白，更別說他還畫上全妝了！讓他不只在醫學系、在整個大學裡都非常獨特。

小視聳聳肩：「不化妝就不叫視覺系啊。」

建議搭配音樂
瑪丹娜（Madonna）·〈Don't Tell Me〉

倒是女同學們都很愛他，好幾次舉辦活動，女生還紛紛讓他補妝，之之的煙燻妝就是第一次仔細看了小視示範，才知道怎麼畫的。之之的家庭保守得要命，如果她媽知道，一定打斷她的腿。

小視面惡（？）心善，講話對答如流，又像個小孩，對什麼事情都熱心，相處起來一點都沒有距離。有幾次別系同學問起：「欸欸，你們班那個看起來……很……」之之轉頭一看，正好小視從眼前經過，身穿黑色皮衣跟整套鉚釘皮褲、厚底軍靴、還畫了龐克風眼妝，頂著一頭紅髮，完全把學校走廊當伸展臺。

之之笑：「很恐怖嗎？不會啊，他人很好！」

「真的假的？」不只路人這樣回，連系主任也這樣質疑。

是的，整個校園中，最看不順眼這顆七彩變換頭的，就是他們的系主任。

璀鳳主任，霸氣的名字，宏亮的嗓音，最愛訓斥學生：「你們要常懷醫者胸懷。」「坐有坐相、站有站樣、醫者要有醫師樣！」他身兼醫學倫理課程，也常在課堂上感懷「我們當年哪有像你們現在這樣」，當他7pupu的在講臺上夸夸而談自主、不傷害、醫病倫理、公平正義時，臺下往往睡死成一片，讓他震怒：「要有哈佛學生等級的自覺！」

若有學生好奇：「我們跟哈佛有什麼關聯？」

璀鳳主任就會大聲喝道：「你們是東方的哈佛！」

每次他在課堂上毛起來，就會找小視開刀（沒辦法，那頭毛太好找了）。

「現在來點名，你們那個金毛的咧？」

大家紛紛從夢中驚醒，面面相覷，左右尋找小視。

璀鳳見狀，一拍講桌：「就知道那沒個樣子的，今天又給我翹課了是吧？早說過，那頭髮成何體統，還一直換顏色，聽說還畫什麼視力測驗妝？」

大家噗嗤一笑，最靠近講桌的同學小聲糾正：「視覺系，是視覺系眼妝啦！」

璀鳳更加惱羞：「管他什麼妝，男生化什麼妝！要是到醫院實習還得了。你們再笑，再笑就等著瞧，我開始點名——視！覺！系！」

很好，這次講對了。

主任一臉得意，露出大權在握、生殺由我的傲氣，正要在點名板上做記號……

「有！」小視懶懶的舉手。

什麼！他竟然有來！

璀鳳驚呆：「你……你有來，怎麼剛剛沒看到？」他是指，怎麼沒看到七彩的頭毛。

小視站起身，大家都看到他，竟然頂著一頭乖順的學生黑頭毛！

什麼時候又染了？

大家的腦筋都還沒轉過來，小視猛的一拔！大家瞬間爆笑——原來是假髮！

璀鳳脹紅了臉，卻又無可奈何。

小視彎腰，右手在面前轉兩圈，面左、面右，做了一個華麗的歐式宮廷鞠躬禮，讓大家更狂笑不止了。

‡ ‡

每當問起小視為何要這樣打扮，他總一臉認真：「為什麼不能這樣打扮？我很喜歡啊。」但是，男生化妝已經夠特別了，更何況是醫學系男生，不都是一些死讀書的乖乖牌嗎？

之之問：「那你的家人知道你在大學裡是這樣的嗎？」

小視聳肩：「我考上醫學系那天就跟他們宣告過了，已經依照他們的要求考上，我以後的每一天都要徹底遵從我內心的聲音生活。」

哇塞！之之簡直像看到神。

小視開始細數他上大學後，暑假開始環島、交女友、玩樂團、到處打工等經歷，聽得之之心底響起一個小小、熟悉的聲音：「妳不要以為上了醫學系妳就了不起啊！我把屎把尿養大妳，告訴妳！妳這輩子就算死了也是我女兒，都要聽我的！」

她揉揉眼，那是她最不想提，卻一直壓在心底的一塊大石。從小相依為命、躁鬱症時好時壞的母親，用了一輩子的親情勒索在囚養之之。

之之輕輕甩頭，先別想這些了，眼前還有許多系學會工作呢。之之沒有參加其他遊樂性質社團，唯一參加的就是系學會。

系學會正準備舉辦第一屆「白袍加身典禮」。其他科系畢業有撥穗典禮，護理系進入臨床前有點燈典禮，都是象徵一個階段的結束，另一個新階段的開始。本來他們校內的醫學系完全沒有類似活動，聽聞其他學校舉辦了「由已經進入臨床的學長姐，幫學弟妹穿上醫師白袍」的「白袍典禮」，他們也決定要辦辦看，算是創校以來的第一屆。

已經邀請了系主任跟長官，安排好祝福話語橋段，再擺些茶點……還有什麼內容可以豐富典禮呢？不如演個短劇、跳個熱舞吧！那時大學生的活動約莫都是這樣。

那時，之之、緹娜一行人還不知道，他們辦的將會是名留青史、驚天地泣鬼神、史上最放浪形骸的白袍之夜！

‡ ‡

之之首先抗拒尖叫：「跳舞？我才不要！」被分配到這樣的活動內容，之之簡直大崩潰！

緹娜笑說：「唉唷，很輕鬆啦！第一屆，大家不會太看重，妳只要把時間耗完就跳完了，很簡單！」

之之反問：「那妳為什麼不跳？」

緹娜揚一揚眉，示意自己的手，她去逗弄鄰居養的狗，結果被咬成蜂窩性組織炎。之之不可置信的說：「我說啊，妳都一個大學生了，怎麼還被狗咬成這樣？」

緹娜聳肩：「我以為隔壁那隻死狗還認得我嘛……哎呀，這不是重點，重點是，舞蹈動作真的很簡單，要不然我陪妳練嘛。」

正好這時，小視跟阿鬼靠近，原來他們也加入了練舞行列。於是大夥只能趕鴨子上架，邊看網路上的MV邊排動作。幾個夏夜微風的黑幕下，腳邊隨時有補充血糖的鹹酥雞跟珍奶，還時不時爆出笑聲！

場邊休息時，之之癱坐樓梯，問小視：「那天主任點名，你怎麼剛好有準備黑色假髮，讓他一下子沒看到你？」

小視大笑：「因為他警告我啊，還告訴我的家人。」

之之皺眉：「什麼？」難以想像，大學生的家人還收到系主任的通知。

小視繼續說：「他對我爸媽說，我在學校的打扮敗壞風氣，嚴重影響同學，有違醫倫，如果我到醫院實習還這樣打扮，他就要當掉我的推學！」

之之整個驚呆！

小視眉頭一鎖：「其實我也在想，念醫學系真的是我想做的事嗎？死背這些神經血管，考試都在比誰共筆跟考古題收集得完整，連我單純只想做我最舒服的打扮都被限制，說真的，我在考慮要不要繼續念下去。」

練舞群在呼喚小視，他起身後笑說：「其實家人給了我很大的自由，我也相信自己有養活自己的能力，所以囉！如果聽到我最後輟學，不要太意外，也先不要跟別人說唷！」

之之瞠目結舌，不知該回什麼好，呆看著小視加入隊伍練舞，內心震撼到不行。

「為什麼要念醫科？」分數考到了，就這樣。

「醫科念到現在，有興趣嗎？」大學生活很豐富有趣是沒錯，但真要說興趣嘛……

「所以妳自己究竟想做什麼？」想做什麼？不知道……

「妳有沒有想過醫學系念到四年級，同齡的都已經大學畢業，在社會打滾歷練了？」知道啊，可是……

她再也壓不住心裡的聲音，握拳用力在心底吶喊，直到浮現之之媽的臉，永遠都在憤怒、狂吼：「妳讓我很丟臉妳知不知道？妳如果沒考上醫學系，我不是要被妳姨婆笑死？」

媽媽，妳那麼在意姨婆，那我呢？如果我說，我不想按照妳說的做選擇，如果我也不想念醫學系了呢？或者……我也想交男朋友呢？

之之想起昨晚電話上的爭執，嚇出一身冷汗！

有些答案太明顯的問題，還是不要問的好。

‡　‡

白袍之夜終於展開！

沒錢的學生用藍色塑膠袋整捲拉成長條，布置成跨過整個活動會場天花板的藍天，還穿插點綴了整捲衛生紙，整個天花板變得好熱鬧。

暖場節目有各種笑鬧短片跟音樂，臺下一片歡樂，後臺則是各種混亂！之之抵死不想上臺，儘管她舞蹈動作已經練熟，跟著對舞的是小視與阿鬼，缇娜幫忙彩排了一女兩男跳當年瑪丹娜最紅的牛仔舞〈Don't Tell Me〉，男女格子衫、牛仔褲、牛仔帽，帥氣十足！

上臺前一刻，小視跟阿鬼在角落鬼鬼祟祟，不知道在討論什麼。

之之整個人都快要被自己緊張的心跳震碎了，緊張的衝上前：「你們該不會也想退出吧？」

小視轉身：「沒啦、沒啦，是想說我們兩個男生，各要準備一個最後Ending的驚喜。」

邊說邊喬他的黑色假髮。原來，他知道臺下有主任大駕光臨，打算特別準備驚喜XD之之轉頭問阿鬼：「那你要準備什麼？」

阿鬼一臉呆，還來不及回答，緹娜就已經笑到翻過去：「不能講！絕對精采啦！」

緹娜拍拍之之：「他們兩個男生等一下都要準備一段大逆不道的橋段，妳的部分絕對不用擔心，不用緊張，只要照著講好的流程，動作記得喔！」

之之還是被拱到舞臺邊準備了，她點點頭，嗯！還記得！最後新增了一個動作，點點踏、轉身、跪下、Ending！完全沒注意到阿鬼慘白著一張比死白還要死白的臉，走路姿勢卡卡的，大概是牛仔褲太緊吧！

三人就這樣上臺了！

「Tell me love isn't true~It's just something that we do!」

音樂一下，大家爆出歡呼！想不到文靜的之之，也能跳出這樣好看甚至有點性感的舞蹈，更想不到的是，旁邊兩個男生也一起扭腰擺臀！緹娜身為排練負責人，在聽眾席中聽到這樣的讚嘆，真是驕傲萬分。

哼哼，好戲還在後頭呢！

隨著音樂越來越激昂，兩個男生把牛仔帽猛的甩下舞臺，全場又是一陣尖叫！

緹娜想起他們排練這一段時，阿鬼的動作每次都太僵硬被她念，想不到臨場效果這麼好，完全放開了！之前討論時，阿鬼還一臉無辜的求情：「真的要跳嗎？」

緹娜邊綁緊他的牛仔皮帶邊說：「廢話！」

阿鬼又說：「我還以為妳也要一起上臺咧。」

緹娜用包著繃帶的手一拳揍下去：「腫成這樣、包一大包能看嗎？你就當作我是你的第一個觀眾看到你跳，而且我一定會在臺下給你用力鼓掌，好嗎？」

阿鬼燦笑：「嗯！」傻傻的，緹娜一笑，阿鬼就什麼都答應、被騙上臺了。所有節奏都快要到結尾，他才突然驚覺自己答應了什麼?!但人已經在臺上了，前方被舞臺燈閃亮亮照到快瞎了，也記不得自己跳了啥。所以……就要！真的！來那個了？

小視，他的好兄弟，決定要離開醫學系了，跟他約定好，這最後一支舞要貫徹他們天不怕地不怕的信念！

小視要當著系主任的面在臺上秀他的七彩頭毛！不只這樣……當時隨口的戲言，阿鬼竟然真的穿在身上，也準備要秀了！

「Like a calf down on its knees.」最後一句歌詞！

再八個八拍，音樂就會依照當初講好的淡出……漸弱……最後……領舞的之之點點踏、轉轉身、跪下、用力扯！Ending！

就在此時，小視跟阿鬼猛的互扯，阿鬼扯下小視歪頭伸出的那頭黑色假髮，裡面七彩的亮麗彩色長髮立刻以完美弧線飛揚！

同時，小視也一手扯下阿鬼轉身背對觀眾、特別準備的兩片式牛仔褲！兩邊用暗釦扣上，一扯就掉！露出了兩！片！白白亮亮的屁股！裡面只有一條丁字褲啊各位！

全場立刻爆出據說是創校以來最高分貝的音量！屋頂都在晃動，讓天花板裝飾的彩帶掉了一半，連隔壁的管樂社練習的音量都被蓋過。

猶記上臺前，小視握著阿鬼的手：「給那些大人一點顏色看吧！」

阿鬼回握：「好！」

上臺前最後一次排練，緹娜忍著一臉快噴笑的表情說：「所以你們兩個男的都要脫，一個脫假髮、一個脫褲子？」

阿鬼點頭：「這樣才不會留小視一個人露染髮、比較不會被追究啊。」

小視拳頭敲敲胸口，My Bro，要死一起死！

回憶片段淡出，回到眼前現實……

緹娜在觀眾席被全場音量震耳欲聾，望向第一排長官席位，果然主任的臉根本是黑的，旁邊還有人下巴根本像脫臼般！太妙了！回想起表演前的討論，根本是神來一筆啊這安排！

不過……天啊！

緹娜猛地彈起！想到自己負責的工作！

她要負責燈！控！關！燈！

完全忘記！

緹娜用最快速度穿越人群，結尾是臨時加的橋段，根本沒讓工作人員喬好，本打算在露出屁股的一瞬間就關暗舞臺燈、降下布幕、給個Shock Ending！結果現在舞臺上三人還定格在等緹娜動作，她光顧著看跟笑，全忘光啦！

舞臺上的之之根本像飛鼠被強光定住，不知道自己在做什麼；小視有點無奈的笑笑，撥了撥劉海，當然也是彩色的，朝系主任的方向揮手；只有背對觀眾的阿鬼，雙手高舉，看到自己的影子被投射在布幕上，手舉好久唷！不是說褲子一脫的瞬間就會

關燈嗎？哈囉～燈控室有人嗎？緹娜在嗎？屁股好涼唷，一直流汗，都感覺到汗水流到屁股溝了……好癢！好想抓！救命啊～

兩分鐘後，緹娜終於擠進燈控室，瘋狂大吼：「關燈！關燈！降布幕！布幕！布幕！布幕！」

臨時被指派燈控工作的學生也不是專門人員，手忙腳亂找不到開關，胡亂猜著哪個是布幕下降鈕，只見大布幕、小布幕一下往上移動、往兩旁拉開，就是不下降！

笑瘋了的觀眾已經拿起手機不知道拍了多少張！之之雙手遮臉，只想把自己埋到舞臺裡去；小視連續做了好幾個美國戰爭影集裡大兵催促眾人跳下直升機的「GO！GO！GO！」手勢，想傳達給燈控室。

終於，在系主任憤而起身、推開崩潰的暴動學生群、用力踏步到燈控室內、按下總開關後，「咻」的一聲，瞬間會場全黑。

但阿鬼的屁股已經成為當天大學專用BBS群組，最有名的屁股！

第二章

如果的，美好的

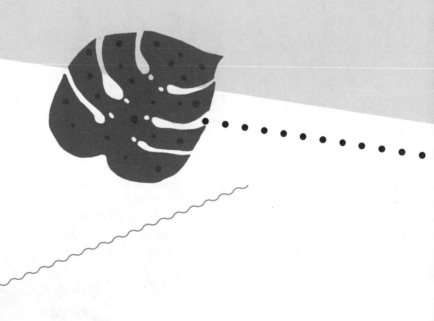

〈Miss Independent〉

小莎露出笑容，坐在圖書館內，她已經瞄到那個男醫師剛進入刷卡門檔。她低頭計算對方行走的時間，然後在最準確的時間，抬頭，朝對方嫣然一笑。

那樣的一笑，引得對方像是撲火的飛蛾，直愣愣的走到她旁邊最近的座位坐下，然後才慌張注意到自己的失態。

小莎微笑起身，坐到對方隔壁，右半邊的臉頰微微側了十五度，開口：「剛剛實習新生訓練大會非常無聊吧？我有看到你喔，」她笑得更燦爛：「我想認識你:)」

實習醫師報到第一天的新生訓練還沒結束，外校轉來的小莎就已經展開她的狩獵季節。

宿舍同樓層的女住院醫師、實習醫生都要搬離大學宿舍，到醫院附設的單身員工宿舍，跟其他外院申請的住在一起，天天見面，很快就認識了。小莎跟緹娜、之之又是同一梯次受訓，更是很快就混熟。

在實習醫師階段，女性相對是少數，彼此之間的結盟更是生死攸關。比方說不同課程遇到的教授刁難程度、護理站裡那些護士會故意欺負女醫師，甚至女值班室裡哪個櫃子有蟑螂……諸如此類，互相交班、告誡是非常重要的。

建議搭配音樂

尼歐（Ne-Yo）．〈Miss Independent〉

而小莎每次對緹娜跟之之交班事項時，總是又多了一些八卦XD

這就要說到，小莎的綽號——「女王」，這可不是浪得虛名。

小莎是個充滿自信的女人，尤其穿上高跟鞋、披上白袍後，她清楚知道自己的優勢，來自腦袋結合外在，讓她幾乎無往不利。半學期的作業有學長們的檔案可以「參考」；每科最後的總結考試也總有學長「複習班」；跟她同組的人更常因老師網開一面，所以作業量大減。

這一切其實不怎麼需要她費力，自然就可以達成。就連無事一人坐在員工餐廳，都會有蜂擁而來的各路醫師像進貢般簇擁著。讓緹娜跟之之常常幫她分攤收到的各種禮物：九九九朵玫瑰花（三天就開始狂掉花瓣跟落葉，害之之過敏）；Mister Dount買一送一時，收到近四打的數量（緹娜因此胖了三公斤）；隨意跟學長們打賭世足賽，押了當年長得像猩猩的德國隊長，結果一晚拿到滿滿一袋十二塊雞排。

緹娜邊啃雞排、邊佩服：「天啊，小莎，這麼多雞排，妳怎麼辦到的？」

小莎聳聳肩，從大塑膠袋底部滿滿是油、溜來滑去的眾雞排中挑了一塊：「剩下的妳們拿去護理站分吧！」

之之說：「對了，新生報到時妳要到電話的男生，後來還有聯絡嗎？」

小莎歪頭：「……哪個啊？不記得了。」

緹娜爆笑：「拜託，新生結業考試他還幫妳寫考卷耶！」

小莎微微一笑，不是特別在意，畢竟這些異性所為都是出於自願。她總是誠實地說：「我不過是誠懇的跟他們說：我想認識你，當個朋友。」

她非常坦然，畢竟結婚前都可以有比較異性的機會。她也知道除了這些姐妹淘，其餘認識她不夠深的女性，會對自己有什麼樣的評價——「利用男性」、「水性楊花」？不，她從不腳踏兩條船，每段交往都認真，唯獨時間隔短了點。

其實遠在當上實習醫師前，還在學校的「見習醫師」階段，她不是這樣的。才短短一年時間……小莎眼神閃爍，深呼吸一口，過去就讓它過去吧！當時的醫學生訓練，會先經過見習醫師（Clerk）階段，再來是實習醫生（Intern）。見習醫師時，她才首次從厚厚的參考書中抬起頭，見識到外頭的花花世界。大學時代的聯誼雖然有過幾次，但她嫌懶嫌累，除了準備沉重的課業，也沒什麼參加課外活動，自然遇到異性的機會大減。

直到她進入醫學中心，戒慎忐忑的抱著大疊筆記本，衝到護理站向生平第一次報到的總醫師學長喊：「學長好，今天第一天來報到！」

學長轉身，對她露出友善的笑容，她整個差點被電暈。

小莎說：「那是我第一次遇到T.O.先生。」

緹娜跟之之一臉困惑。

小莎連忙回神：「T.O.是名字的縮寫啦！總之現在已經沒聯絡，不重要了。」小莎告訴自己，那不重要了。她換個表情，拉著緹娜跟之之研究下次特休要一起自助出國的行程。有著自己的專業、穩定的未來，女醫師們對於世界的探索總是無所畏懼。

小莎內心所真正想起、真正在意的事情，是她絕對不會說出口的。

緹娜似乎想起些什麼？歪歪頭，又放棄。

‡ ‡

小莎見習時，T.O.先生是她的指導學長，學長溫文儒雅又學識淵博，對她照顧有加，更多時刻是人生見識的分享，那些課後的促膝長談，甚至聊到彼此的人生觀、哲學解讀、感情狀態，是的，當時剛跟女友分手的T.O.先生，是認真要跟小莎交往的——至少小莎這樣以為。直到看到護理站公告欄上，張貼著T.O.先生跟女友的喜帖，小莎整個都心碎了！她哭著衝去T.O.先生的婚宴現場，在門口區一探，然後哭著回家，打算再也不聯絡。但後面又鬧了一堆軒然大波……

「再也不要那麼傻了！」她告訴自己。T.O.先生變成心中一道成長的疤痕，上頭緊緊封印著的咒語——不可說。

再也不要。小莎回神，看向之之跟緹娜。

她們彼此都了解對方的生活狀態，也能互相體諒，否則，緹娜每次值班都累得跟狗一樣苦哈哈，哪能接受小莎那樣爽爽值完有學長cover的bedsore班（休息到躺出褥瘡bedsore）？

小莎的課業雖然有人幫忙，也僅止於勉強及格的分數，她每次看到之之一次又一次的拿書卷獎，總是萬分感慨；之之在小莎出遊、緹娜窩宿舍就是睡大頭覺的對比下，總是一人守著宿舍裡昏黃的一盞燈苦讀，她難道沒有一顆騷動的心嗎？

畢竟來自北中南不同家庭環境的她們，都知道自己要追尋的目標、不同的路所展現的不同面貌，本來就需要彼此尊重。但在面對醫院內男醫師的「惡意對待」時，遠早在緹娜跟之之還沒察覺異狀前，小莎一發現，可是不會手軟的！

什麼樣的惡意對待？性騷擾、黃色笑話、吃豆腐，就跟每個職場一樣，能夠發生在男女之間的衝突，會發生的終究會發生，人不會因為披了白袍就從畜生變神仙。

之之被大南學長惡甩，小莎氣得要殺去找大南對質，她對朋友在感情裡的各種浮沉總能分析得清清楚楚，唯獨自己的，難以釐清。

緹娜某次問起：「小莎，妳有聽說那個噗嚨共學長的事嗎？」

小莎眼睛一亮：「怎樣？他也找上妳了嗎？」

原來有個在女醫師之間有名的學長「噗嚨共」，單身，總會藉不同梯次的學妹們rotate（輪調）到他組內時百般騷擾。下班後打公用電話，約出來藉機說要借書，結果卻是開車出遊到很晚。儘管之前的每梯次學妹都私下抱怨，卻沒人敢當面指出問題，只能互相告誡。小莎遇到時，就曾搭噗嚨共學長便車，回大學本部參加院外醫療課程，結果被拉到校內那個盛傳還殘留古墓的土丘旁聽學長唱情歌……

小莎問：「那這次學長是怎樣？他上次在土丘旁唱情歌，我想到背後有個墳墓，都覺得超毛的！」

緹娜說：「學長這次開刀，說他昨夜都沒睡，就往我這邊靠，要借肩膀打瞌睡，我才不要咧！他還故意撞我胸部，超噁的！我馬上退開，結果學長站不穩，頭差點撞到開刀field，被對面的主治一巴掌打開、往後仰然後摔倒！」

眾人爆笑！

小莎卻非常不高興：「竟然已經開始動手動腳了。」

唯獨之之納悶：「咦，如果按分組順序，小莎完緹娜、接著是我，可是上個月結束course（課程），噗嚨共學長沒對我怎樣啊……」

緹娜爆笑得更大聲了。

小莎拍拍之之，笑說：「沒關係，遇到不請自來的豬哥，不見得是好事。」然後轉頭對緹娜說：「我一定會幫妳報仇！」

世界就是這麼小，小莎三人應醫院導師之邀參加聚餐，赫然發現噗嚨共學長也在列。噗嚨共學長渾然不知自己的評價，兩杯紅酒下肚，居然在席間大放厥詞，評論醫院的女醫師素質，還比較死會跟未死會的差異。

噗嚨共說：「說到女人啊，三十五歲是一個關卡！這我研究過，如果到這時還沒把自己嫁掉的，多半有問題！」

一席話立刻讓緹娜額冒青筋、之之皺眉，小莎則重重放下餐具，神情凝重地抬頭。

噗嚨共渾然不覺：「這階段的女人啊，就我自己遇到十個裡面至少有三個，33％唷！一是過度天真，二是公主病嚴重，三是家裡保護過度！我的前女友就是，劈腿啦！欠幹！到現在還嫁不掉，嘖嘖，女人最重要就是生個孩子嘛，老公外遇怎樣都無所謂，只要孩子爭氣，她一生就足夠了！問題是超過三十五歲的老卵生不出來啊！你看哪個男人要老的，當然是越年輕越會生才好！」

緹娜氣到快翻桌，小莎卻拍拍她的手按捺住她，微笑的向噗嚨共學長說：「學長，你說十個裡面有三個，你覺得這樣的取樣數寫論文，可信度有多高？充其量只能算case serial report（病例報告），可信度什麼的還算不上呢！」她喝了口紅酒：「再說，你把人用二分法：女性、三十五歲以上、單身，然後就說這族群有什麼幾大類問題，好，那我來告訴你，這族群究竟有什麼問題：頂多就是沒遇到適當時機跟適當的對象罷了。沒有遇到這是需要兩邊的機率，你卻說這是某一邊的問題，你知道這像什麼嗎？你之所以現在會成為一個人類被生出來，在你爸當年射精的數萬隻精蟲中，你只是其中之一個比較幸運的精蟲罷了！現在你要恥笑單身女性，就跟恥笑其他精蟲沒授精成功，『就是你們鞭毛運動太慢啦～鑽錯方向啦～要往卵子跑不是跑去牆上啦～』一樣！」

眾人下巴都掉到桌上了，紛紛滿地找眼鏡。

小莎一個倩笑，繼續說：「太難懂了嗎？要不然就說撞鬼好了，有些人就是有撞鬼經驗，有些人就是到死都不會，所以呢？會撞鬼的那群就可以指責另外一群『就是你們八字重、連鬼都怕、神經大條』嗎？有撞鬼經驗的人難道就以撞鬼為人生意義？沒遇到就是沒遇到，要不然怎麼辦？更何況，學長你的前女友我認識啊，分手都三年了還在責怪她。她記取你這個爛教訓，已經知道要怎麼好好選擇對象，她也沒對男性充滿偏見，成熟的人會拜錯誤之賜，更發光發熱，對於你這種幼稚尖酸鬼反而只會笑。反倒是你還在酸女性，你要酸到出櫃嗎？還是你媽對你來說人生的意義，也只是個下蛋的母雞？懷胎九月、冒生命危險下了你這個蛋，還不如一出生就拿胎盤悶死。」

小莎起身，睥睨全場：「你現在的身價說穿了，只是個沒撞鬼的噗嚨共，射歪到牆上的精蟲罷了！還有，多少女醫師都在抱怨你騷擾，以後手腳給我放乾淨點！」

那瞬間，女王的光環圍繞著小莎，眾人只差沒跪下膜拜。

從此，「女王」之名不脛而走。

緹娜抬頭仰望時，突然想起來了！國中時她看過一部漫畫叫作《惡女》，裡面的女主角經過各種追尋，努力的進步、進化，就是為了追尋夢幻的理想對象T.O.先生。

究竟當年誰是小莎的T.O.先生呢？

雖然小莎對此微笑不語，但她大聲的說著——

獨立自主、充滿自信的女孩們，世界海闊天空，勇敢前進吧！

〈三秒膠〉

曾經我可以對你完全信賴，現在你任性還要我來擔待
昔日之芳草，原來只是蕭艾
怎麼不令人感慨

之之一直都很衰，關車門會被夾到手指骨折，坐捷運趕最後一刻上車、卻被車門夾住斜背包拉不出，一路被迫多坐了六個站，等對向車門開門後才脫困；更不用說被躁鬱症的單親媽養大，屢遭冷暴力對待、情緒勒索，動輒得咎，養成她畏縮膽小又怕生，害怕與人接觸的個性，儘管她都用乖寶寶的面貌掩飾過去。

就連大學醫學系時唯一難得的聯誼，都抽到最面貌兇惡、綽號「技安」的學長鑰匙（鑰匙圈直接是一隻拳頭大的技安公仔），一路兩人相對無言，她則內心忐忑到死。

然後，就沒有了。

醫學系女生本身就是市場最滯銷的產品，好不容易拉到他系願意聯誼，但幾乎都不會再有後續聯絡。可以說她這輩子的強運，在聯考考上醫學系後就耗光了。

總之，之之的人生各種際遇，只要跟機率有關，她就是在鐘型分布圖最左端的那

建議搭配音樂
陳慧琳．〈三秒鐘〉

個極端，跟最衰或最倒楣的大小慘事狠狠鏈結在一起。

她的死黨小莎，人稱「女王」，擁有最強異性緣；另一個死黨緹娜好歹也曾被異性示好，兩人一直很想帶之之去開開眼界。

結果三人排了半天的票，好不容易進入最大場的Rave電音趴，之之一瓶啤酒就吐倒在沙發區沒起身過，緹娜照顧了半天，根本沒下場跳過一秒；小莎則是剛進門就被男生搭訕，不見人影了。

從那之後，之之自己也認命了。

在醫院旁相連的宿舍裡，小莎永遠像花蝴蝶般出門趕場，緹娜剛好進入最忙最累的科別，常常見不到人，閒著無事的之之就……哪也不去，蹲在自己房裡煲宿舍粥，偶爾參加系學會活動，然後就沒有了，一整個古井無波……

直到她遇到大南學長。

大南學長是系上傳奇，當過學生會會長、網球校隊、弦樂社社長兼小提琴首席，校慶運動會參加一百公尺短跑居然還奪冠！三不五時就會從學生活動中心傳出他悠然的小提琴練習聲，才大三就已經跟著實驗室教授發表論文，一整個文武雙全！他在大學時期有個同班的班花女友桃桃，兩人出雙入對，羨煞旁人。

結果在進入醫院成為住院醫師後，在大南學長當兵前夕，他的班花女友提出分手：「我覺得還要等你這幾年，太久了……」女友撥撥長長的留海：「跟你繼續下去，沒有未來……」

據說學長抱著男生宿舍裡的公用電話哭了一個晚上，在那之後，學生活動中心長達一個禮拜都有小提琴如泣如訴的樂音響起。

「這麼優秀的學長都會被甩，真搞不懂你們女生在想什麼。」班上男同學在轉述時，拚命搖頭。

大南學長依然是神一般傳奇等級的存在，共筆上最閃亮的製作組名字、考古題解題檔案裡最可靠的 reference。如果考前只有三十分鐘可以看解題版，選擇那個資料夾上註明「大南學長」的準沒錯。

沒想到這樣神一般的人，當完兵回醫院後，居然對搭同一趟交通車的之之，開啟了談話。

當時之之正拿著筆電，在膝蓋上整理最新的共筆內容。

坐在隔壁的大南學長開口了：「學妹，妳也是醫學系的？」

之之一時還無法意識到有異性對她說話，愣了一愣。

大南學長又說：「咦，妳拿來當補充資料的，是我當年編的共筆耶！」

這時之之才驚覺，眼前這個斯文秀氣、風度翩翩又明眸皓齒的男人，就是大名鼎鼎的大南學長！

他立刻大方又細心的指導了之之一些共筆細節，提供了專授該堂課的教授必考題，還交換了彼此的院內手機。

小莎驚呼：「天啊，這種天菜！妳也太好運了吧！」

緹娜激動的問：「大南？妳是說那個大南學長？當年他參加校慶穿緊身運動褲奪冠，那個激凸照我都還留著耶！」

兩人抓著之之拚命搖晃，之之聽到「激凸」，整個臉都羞紅了！這可是她的初戀耶！心中漣漪陣陣！

「沒有啦……只是學長說，現在才剛交往，暫時先不要公開……」

小莎一愣，正色問：「為什麼？」

之之越說越小聲：「因為他說，我現在跟他前女友在同科，怕我尷尬，所以……」

桃桃學姐撥完長長的劉海後，又以第一名書卷獎之姿，心不甘情不願的選了夢幻科系「五官科之首」。當時有學弟妹詢問學姐如何順利進入該科時，學姐照例撥撥劉海、撇撇嘴：「其實我也不是很想進這科，只是成績剛好達到，沒辦法……」口嫌體正直。

不到半年，桃桃學姐就代言了美容產品，巧笑倩兮的上電視打廣告。

就這樣，之之竟也願意默默當了大南學長的地下女友快半年。

期間，小莎不只一次對緹娜提出疑惑：「我怎麼看都覺得大南學長怪怪的。」

緹娜反問：「怎麼說？」

小莎說：「學長之前不是很愛在學校活動中心拉提琴，活脫就一個自戀狂！」

緹娜點頭：「那又怎樣？」

小莎說：「我兩天前在信義區看到大南學長，像小狗狗一樣拚命跟在桃桃學姐後面，他們該不會是死灰復燃了吧？」

緹娜遲疑地說：「搞不好是巧遇？」

小莎搖頭：「不對，大南學長手上還滿滿大包小包，擺明就是剛shopping完，那些紙袋很多都是女裝名牌店，我不相信會是學長自己去買的。」

小莎的異性第六感一向無比準確，但因為太早預知了，就像地震前夕滿地亂竄出的蚯蚓，沒聯想到地震即將到來的人都還會斥責：「別來亂。」尤其在她經歷過了T.O.先生的震撼教育之後……

緹娜要小莎別亂講，尤其看到之之開心的模樣。

‡　‡

某天，之之在宿舍內羞紅了臉，囁嚅著問小莎：「什麼叫……勃起障礙？」

小莎反問：「蛤？大聲點。」

之之說得更小聲了：「勃起……障……礙……」

緹娜整口茶都噴出來！

小莎與緹娜齊聲噗哧：「媽呀！妳還好意思說自己是醫學系！」

小莎再次確認：「妳是說大南學長的那個小弟弟……小南？」

原來在進入交往的「關鍵」關卡時，之之這毫無「臨床經驗」的人，查遍各種參考書籍、卻苦無方法解惑。於是在小莎的爆笑跟憋笑中，之之滿臉通紅的問了諸如：「外包皮」要不要翻出來或翻回去啦、「敏感區」非常遲鈍的情況下要怎麼刺激啦、甚至當「小南」興致勃勃卻「行動受限」時該怎麼辦啦，這類參考書上根本查不到的問題。

等小莎總算笑乾眼淚後，緹娜才逮到機會問之之：「天啊，妳還真是……新手上路耶，妳確定其他部分都沒問題嗎？」」。

之之整個臉都紅到快冒煙了：「我……還不知道……」

小莎跟緹娜齊聲大喊：「拜託！你們已經交往快一年了！」

之之小小聲說：「不要說了啦！我以後不會問你們了……」

後來，之之rotate到泌尿科，花了史上最認真的努力來了解各種「問題」，只差沒翻出筆記本、拿V8全程拍攝。她也硬著頭皮、頂著怕見血的體質，進刀房看各種泌尿科的刀。不過讓緹娜啼笑皆非的是，舉凡什麼腎臟切除啦、輸尿管鏡或疝氣之類的，之之一概不理，就像轉性了一樣，全神貫注在「包皮」跟「GG」相關手術上。

十九歲學生割包皮，之之看到眼睛差點沒噴火；陰莖骨折的重建術，之之全程參加。更令緹娜傻眼的是之之居然跑去G電圖室（測量夜間勃起、排除生理障礙）裡找諮詢師，問了有關用藥跟心理建設的問題。

一整個勤奮好學啊！

緹娜跟小莎討論後，一致結論是：「之之一定是遇到『那方面』相關的問題了！」但是再問之之，她又像個蛤仔緊閉了殼，死都不說，緹娜和小莎也沒轍。

一年半後，之之幽幽的說：「我們分手了……」

緹娜與小莎大呼：「為什麼？」

之之幽幽的回答：「其實大南學長一直很在意他自己……那方面的問題……」

小莎又要噴笑了：「其實我們都知……」

緹娜瞪她一眼打斷，裝傻的說：「哎呀，怎麼這樣？好意外唷！」

之之沒注意到，繼續說：「其實我也沒有很介意，每次我都還安慰學長，可是越安慰他就越生氣，說我看不起他……我哪有啊……他還要我去想辦法問問看，有沒有什麼藥或手術、諮詢的可以幫忙……」

也是，如果形象維持得這麼完美、私底下又自戀的人，真的很難自己啟齒啊！

原來當時之之這麼努力都是為了這個原因，真是委屈了（拍拍）。

之之繼續說：「各種方法都試過了，一個個步驟都克服了，我連整個生理機制是要先讓副交感神經活化後、轉成交感神經作用，還有什麼一氧化氮作為Vesodilatation（血管擴張劑）都研究徹底了，沒想到還是沒辦法克服最後的『這個』……然後，大南學長居然生氣了，說他前女友……就是那個學姐，都沒有嫌棄過他會……『這個』。」

緹娜聽得有點一頭霧水，到底什麼「這個」、「那個」、「最後」沒辦法的，可是又不好意思打斷，就怕之之又不肯說了。

小莎倒有點生氣了：「大南這時提桃桃學姐幹麼，他是又要吃回頭草嗎？」

之之居然默默點了點頭。

吼！這下緹娜跟小莎可氣翻了！

之之還沒說完：「學長回去找學姐，加上我覺得每次遇到『這個』他就要遷怒我，真的……該提分手了，學長居然更生氣，他說……當初選我這種次等貨色，就是想安全避開『這個』問題，結果我還是給他難堪……」之之一臉無奈卻又如釋重負的表情，聳聳肩：「他這樣說我是不會放心上啦，畢竟擺脫掉……『這個』問題也好。」

就這樣被看扁了?!

小莎已經氣到要殺去醫院砍人了，緹娜抓不住小莎的手臂，轉身就要追去攔人時，回頭問之之：「妳一直提到『這個』、『這個』的，究竟是在說啥？」

之之又臉紅了，沒頭沒腦唱起一段旋律：

過去一切我已不再掛念，對你已經沒有任何愛戀
我只給你三秒鐘的時間
消失在我眼前
離開我的視線

緹娜一頭霧水，難道是分手負氣放狠話的歌？她沒空多加思考，急忙追小莎去。消失前，之之跺腳朝緹娜的背影喊：「唉呦，我傳簡訊給妳啦！」

當緹娜追上小莎拉住後，手機傳來簡訊，是一首歌的網路連結，緹娜愣了兩秒，看到歌曲名稱，開始捧腹大笑！

三秒就交卷，於是「三秒膠」的稱號就這樣誕生了。

大南學長傳奇，就此哀哉～尚饗～（敲鐘）。

〈六便士之歌〉

唱首六便士之歌，黑麥滿布袋，二十四隻烏鴉，烤進一個派……

一旦打開烏鴉派，鳥兒就歌唱，菜餚美味又特別，全獻給國王。

國王躲在客廳裡，細細數著錢；皇后只能待廚房，吃麵包蜂蜜；

女僕奔波花園裡，忙着曬衣裳，蹦來一隻小烏鴉，啄斷她鼻梁！

小莎一如往常的哼著這首童謠，緹娜跟之之都聽到會背了。

這天，她們一起前往實習醫師開會會場，會議由各科總醫師主持，各組平日難得一見的同學、外校剛rotate到本院的新進intern，都齊聚一堂，可說是講臺上自嗨、講臺下交換八卦的場合。

踏進會議室，一群坐在右前方的生面孔瞬間回頭，是另一個醫學中心剛來報到的學生，她們直盯著小莎，讓小莎的輕快哼唱戛然而止，整個人微微僵了一下，像被蛇群盯上的獵物青蛙，然後動作僵硬的把自己塞到最後方角落的位子裡。

緹娜跟之之沒見過這麼「銳氣全無」的女王小莎，略為訝異的跟著入座。

緹娜問：「小莎，怎麼了？」

建議搭配音樂
〈六便士之歌〉（Song of Sixpence）

小莎低著頭：「遇到之前同校的同學……」

之之點頭：「啊對，妳是XX的嘛，後來intern才北上跟我們一起。」

緹娜說：「那要去跟她們打招呼嗎？」

小莎急忙回答：「不用了！」

緹娜跟之之完全摸不著頭緒，看著小莎奇怪的反應。

會議結束後，大家魚貫離開，小莎正好跟那群「前」同學在出口狹路相逢。小莎像是眼底沒有成像一般，雖然視線與對方交會，但只是微笑掠過，立刻大步離開，把緹娜跟之之遠遠甩在後頭。

兩人正要追上，卻被那群前同學攔住，其一開口：「妳們跟那個小莎……很熟？」

緹娜頷首。

對方又說：「妳們知道……她以前的事嗎？」配著背後其他人一臉「記者快來抄」的興奮神情。

約莫十分鐘後，緹娜她們終於知道，為何小莎要唯恐避之不及了。

‡　‡

小莎在之前的學校，曾捲入一樁轟動全校的桃色事件。當時除了小莎，還有另一個女主角。男主角已經是總醫師等級了，最後，男、女主角雙雙用近似殉情的方法，終結了整個故事。

醫師要殉情，如果不是存心嚇人，幾乎很難失敗。當時事件相關人偷拿了救護車裡的常備藥物「氯化X」——心臟麻痺強效劑。

之之簡直不敢相信，整個走路像在飄，茫然的看向緹娜。

緹娜沉吟半晌，抬頭問之之：「妳覺得呢？」

之之緩緩開口：「……我覺得啊，畢竟那是小莎之前的事了……」

緹娜點頭：「對，而且說真的，小莎來我們醫院同組後，也沒聽過她講這些。」緹娜依稀記起，曾聽小莎提起個模糊的名字……T.O.先生。

之之又說：「如果真的要說，我寧可聽小莎自己開口。」

緹娜說：「她不肯講，其他人也別去挖這個黑洞吧。」其實緹娜沒說出口的是，對於這樣的閒話，她有滿腹的嫌惡。

之後，小莎總是忙到不見人，直到緹娜一個人在地下室逮住她。

緹娜正要開口，小莎就苦笑：「怎樣，妳聽到了Version幾點零的版本？」

緹娜搖搖頭：「不是，我只是要問妳最近在忙啥，還好嗎？」

小莎愣了愣，啞著嗓音說：「不太好，那些事情又傳開了……我以為換了醫院就沒事，但醫界實在太小……」

緹娜默默不語。在醫院的苦悶工作環境中，要一件事情傳播的最快速度，就是有心人去護理站咬一咬耳朵，馬上就是最強的廣播。

‡　‡

小莎深呼吸，在最安靜的角落裡，娓娓道出她的故事。

小莎在學校的「見習醫師」階段前，根本沒有交往異性的經驗。直到她進入醫學中心後，忐忑抱著大疊筆記本衝到護理站，見到生平第一次報到的總醫師學長：「學長好！今天第一天來報到！」

學長轉身，對她露出友善的笑容，她整個差點被電暈。

小莎說：「那是我第一次遇到了T.O.先生。」

緹娜說：「漫畫《惡女》裡面的……？」

小莎笑：「對，我就是那個又呆又沒見識的女主角，巧遇後用盡所有努力想要追上理想、成功、夢幻的男主角。」

T.O.先生以總醫師之姿，知無不言，輔助了教學了分析了幫忙了當年的小莎學妹許多，直到進入交往階段。

但是T.O.先生沒說的是，他其實有一個同院的護士女友，而且論及婚嫁。

小莎：「拜託……我那時才Clerk，換算起來才大學生畢業沒多久，連走在醫院裡都會迷路，對方刻意不提，我也不可能知道醫院裡那麼多內部的事。」

的確，所謂見習醫師，在醫院根本就是壁紙或路障的存在，正向功能無，阻礙功能極大。

小莎說：「直到我在一個平常不會去的遙遠護理站牆上，看到他們的喜帖，居然就釘在公布欄！我當場快瘋了！我居然成了第三者還不自知！」

但接下來，才是真正噩運的開始。

小莎又驚又慌的跟當年她的死黨們說這件事，並下定決心要徹底了斷，也完全不再跟T.O.先生有任何聯繫。但事件還是傳開了。

很快，正牌女友鬧上門來，嚴厲指責小莎，問題是，對方女友選擇的「談判位置」，竟然是在人來人往的院內咖啡店落地窗旁。

小莎無奈的說：「當時我除了道歉再道歉、保證再保證，看著她的血盆大口一張一闔，卻根本聽不進對方在講什麼，我只感覺到路過的同學跟一群一群認識的人，那足以穿透了玻璃的視線。」

之後，小莎請了特休，休假結束回來，聽聞T.O.先生跟正牌女友攤牌、女方逼婚，竟然是相約在旅館，兩人喝到茫，然後女方趁機給醉倒的男方打了心臟麻痺藥，然後自己也打。

神奇的是，一針數秒就可斃命的藥水居然雙雙「漏針」，救難人員也奇蹟般的立刻破門進入。

究竟消息是怎麼傳開的？又是誰報警的？但這一切對小莎來講都不重要了。她後來申請轉其他醫學中心受訓，徹底跟這些Say Goodbye。

小莎說：「當時我很受傷，畢竟接連被最信賴的人打擊。一個是曾經非常珍惜、投入感情的男人，還有……我曾經以為的朋友們。對於感情，我很認真思考，也站了起來。我知道自己追求的是什麼，也開始了解怎麼運用自己的優勢，說真的，我不是水性楊花或什麼擺女王架子，單純就是不要在面對感情時，畏縮、害怕、哭泣，像當年那個小女孩一樣。」

緹娜心想：「原來這就是小莎為何總能一眼看穿男人的由來，也對大南學長惡質拋棄之那麼反感。」

小莎繼續說：「可是，另一個部分我跨不過。我對於所謂人性的信賴，在那之後被各種版本的流言謠傳，破壞殆盡。那段時間非常可怕。當年沒有臉書，光在BBS黑特板出現影射我的帖文，我就已經在電腦前捶桌發抖了。如果是不熟的人，笑罵由他，問題是發文跟傳播的……就是妳那天開會看到的那群，我以前的朋友們。」

小莎的表情灰暗。「那時連不熟的同學看到我都會裝熟、拍拍安慰，而我只能納悶，究竟背後被傳成怎樣呢？最可怕的是，完全沒有任何一個人來問我真正的情況，我就莫名被宣判死刑，在被推到無底深淵前，看著她們一塊塊抽掉我腳底的木板。」小莎露出緹娜從未見過、像被掏空般喃喃囈語：「然後我知道，我必須自救，這些必須被遺忘。」

緹娜說不出話來，她知道當時如果有一隻手適時的伸出，就夠了。

小莎回過神，對緹娜微笑：「現在沒關係了，我曾經想過數十萬種回應的方法，但是越想，自己越是凝望著無底深淵、擺脫不掉。我已經了解，有時候就算無奈，人生走到不同階段，終究還是要分道揚鑣。」小莎本來的黯淡陰影好像突然消失，那個光彩奪目的光芒又「啪」一聲，打開開關！

緹娜問：「那妳有想要回去對嗆或討公道嗎？連這次傳開的事，我猜也是……」

小莎揮揮手：「何必呢，這樣就太一般見識了。現在她們說啥都無損己身，反而還降低了她們自己的格，現在連路人都不算，我也有長長一排男生等著給我欺負出氣，忙到都顧不了了呢！」

兩人並肩走回宿舍時，緹娜心想：「原來事情可以被傳播跟扭曲到難以辨識原貌的程度……」

遠遠的，之之看到兩人，揮手走近。

小莎微笑轉頭：「我剛剛講的，妳要跟之之說也可以喔。」

緹娜聳肩：「講啥？我剛剛什麼都沒聽到啊。」

小莎驚訝的看著緹娜，一向男孩氣、動輒三字經不離口的，沒想到對於八卦也像男孩一樣，天生不帶感XD

小莎又說：「當然，妳要懷疑我講的版本，也是可以理解。」

緹娜正色道：「我不是水果日報，不需要雙方平衡報導，再說，憑妳曾經幫過我們的，就已經很夠朋友了。」

小莎笑開懷：「好啊！為了感謝妳，我下次幫妳介紹個好男生！」

這時之之靠近：「什麼？聯誼嗎？我也要！可是……我不要三秒膠唷！」

緹娜挑眉說：「那包莖好不好？」

之之急忙跺腳：「不要！」

「早洩？」

「不要！」

「冷感？」

「不要！」

小莎跟緹娜相視，大笑。

〈六便士之歌〉來自《鵝媽媽童謠》，年代久遠、版本眾多，對於其中略為獵奇的「二十四隻烏鴉，烤進一個派」的歌詞，有一說為「二十四個黑小孩，烤進一個派」，來表達歌曲裡國王的殘虐。

這國王是誰呢？據說為英國都鐸王朝的暴君亨利八世，他喜好漁色，罷前妻、小三扶正後又虐待處死。歌中的「皇后」是其慘遭冷落的第一任妻子凱瑟琳，因而她只能「待廚房」，無僕人服侍，獨自啃麵包配蜂蜜；被啄掉鼻子的女僕，則直指其第二任妻子安妮。安妮本為凱薩琳之女僕，後來被亨利八世治罪，囚禁倫敦塔，最後成為第一個被處決的皇后。

殘暴的故事幾經流傳之後，原貌皆已扭曲得難以辨識，甚至包裝上可愛溫馨的曲調，由天真的孩童傳誦百年。

人言，可畏。

真正能看清並跳脫的人，才能真正無畏無懼。

基本演繹法

你排除了一切不可能的因素後，剩下來的東西，儘管多麼不可能，也必定是真實的。——《福爾摩斯》〈綠玉皇冠案〉

緹娜問：「什麼怎麼可能？」她一臉疲倦的趴在地下街餐廳桌上，剛值完班，累到想死。

「怎麼可能……？」之之喃喃自語，

「妳看，」之之揚揚手中的單子，「上一季的實習成績！」

緹娜抬起一隻眼睛瞄了一下，原來是每三個月打一次的各科實習成績單，「上面寫……很好啊！每科都是A⁺，怎麼了嗎？」

之之說：「不是啦，妳看~有一個只有A而已！糟糕了我，哎……」

緹娜看之之如喪考妣的樣子，安慰道：「也才一科，不要擔心啦！」

之之搖頭：「不行啦！這樣我的全班前三名書卷獎就沒了……」

緹娜心想：「唉，要擠進五官科之首的窄門，真不是普通的難。」然後想到自己早就打定主意，要apply門檻最低、體力取向的大外科，早就視成績單為無物了！不禁偷

建議搭配音樂
新世紀福爾摩斯（Sherlock）·〈Main Theme〉

笑起來。

連外科的學長都誇下海口：「學弟妹們，你們只要能順利畢業，活著有vital sign（心跳、呼吸、血壓）、有手有腳，啊，不用腳，只要有手，一定能進我們科的！」說得熱淚盈眶，只差沒手拿三炷香。

之之撐著下巴哀號許久後，振作精神，抓著緹娜說：「不行！我一定要查清楚，怎麼會有這樣的情形？妳一定要幫我！」

緹娜莫名其妙，先「喔」再說，立刻被之之一把揪著領子拖走！

急就章的福爾摩斯，強拉著莫名其妙的華生出動了！

「The game is ON!」

那時候她倆還不知道，她們已經誤踏入醫界神祕的萊辛巴赫瀑布區……

‡　‡

五官科之首，因為將來可直接從事最多的自費醫美行為，相較於只要有合格醫師執照就各地林立的其他科，一直是各醫學系學生的兵家必爭之科。而限於該科實質上是屬於疾病嚴重程度較輕的「小科」，以及該學會對總訓練醫師人數的限制，每屆畢業學生只錄取一名。於是乎，可想像各種激烈白熱化、結合五行星座八卦跟風水的鬥志角力，在檯面上、下不停競爭著！

有大一剛進醫學系，就四處拜該科碼頭長老的；緊跟著做研究、做實驗的；累積所有各科成績皆為第一名和「書卷獎」頭銜的；更別說先去別的病理科、家醫科，先累積了一、兩年甚至很多年、再回頭競爭的。

醫學系在臺灣是所謂聯考之首，各種鬼才天才考試人才，競爭起來非常可怕。之之的成績一向很好，她立定要把最後實習階段的各科成績都拿到A⁺以上，總結算為全年級「書卷獎」後，累積為她進入該科的加分項目。

這是一條辛苦又漫長的路。每個實習科別能評分為A⁺的人數只有一位，所以當她發現A⁺花落別家時，自然是驚不可遏！沒人比她更用功、認真，每科實習都翻閱厚厚原文書，犧牲自己所有時間在準備功課了！

緹娜每次值班之外的時間都在睡；女王小莎更是常常花蝴蝶裝扮，出遊到不知哪去。其他組的實習醫師也差不多，甚至有聽過一整個科別的course結束，還有人不知道自己組內分配到的護理站在哪。之之的努力，平白無故被殺出程咬金，她一定要知道自己是哪裡做不足，還是真有那麼強大的對手在？

首先，之之抓著緹娜研究成績單，確定把分數打成A的科別，正好是緹娜之前負責當小老師的小組——A⁺就在這裡頭！

小老師的工作是要聯絡該科祕書、協調該科總醫師orientation、確認主治醫師們上課的時間、地點，總之就是各種通知的負責人。

之之問：「緹娜，妳跟祕書聯絡時，祕書有說誰的表現特別好嗎？」

緹娜癟癟嘴，搖頭。

之之又問：「那……知道他們科內分數都怎麼打的嗎？」

緹娜說：「啊就最後course快結束前交一份報告，主治醫師會直接把我們每個學生的分數打完，交給祕書。」

之之盤算：「所以……有沒有辦法問一下祕書？」

緹娜說：「問祕書成績唷？不曉得耶……那祕書是滿好聊的啦，可是如果要問成績……」她抓抓頭，看到之之拜託的眼神。「好啦，有空幫妳問問看吧！」

想不到，問成績竟意外得容易！緹娜某天晃到辦公室，看到同組的阿鬼正在跟祕書講話，她就一起加入閒聊，畢竟雖然是同班同學，但是一進入醫學中心分成各組後，就非常難得見面，交換一下情報也好。

緹娜正在思索要怎麼開口問祕書，是要假裝：「欸！那個我是這組的小老師啊，好像有同學反應成績打得很奇怪。」還是單刀直入：「我可以幫忙核對一下每個同學被老師打的分數嗎？」

哎！怎麼開口都很奇怪！

正在煩惱怎麼開口，竟聽到阿鬼說：「那個……老師是不是打錯我的成績啊？」

緹娜整個眼睛大睜！

阿鬼說：「我這個course的成績竟然有A⁺，想說怪怪的……」

緹娜整個嘴巴變成了O型！OMG！A⁺就是你！一向散漫、只會跟緹娜借筆記抄、怕血又怕刀的阿鬼！

阿鬼還在跟祕書聊，緹娜已經快步衝回宿舍，要跟之之報告這個意外發現！

她邊跑邊想：「天啊！之之知道會吐血的！」

上了醫學系，解除聯考的緊箍咒後，所有曾經最會念書、考試的腦袋紛紛解禁，幻化成各種牛鬼蛇神！阿鬼那已經輟學的室友「小視」就是最誇張的一個。當年小視的名言是：「我都已經考上醫學系，再也沒有人可以管我做啥。」講完，阿鬼還會在一旁崇拜鼓掌！

‡ ‡

小視的生活，相較於之之始終用功的黯淡人生，是非常兩極的強烈對比。但會不會念書、考試，跟生活型態一點關係都沒有。天生會念書的阿鬼，在即將醫師執照國考前兩週才翻開參考書，照樣順利通過考試。而帥氣的小視是阿鬼的偶像，光憑這點，阿鬼就不是什麼可能拿A^+的乖寶寶好學生啊！

小莎跟阿鬼是同組，馬上變成之之下一個拷問對象。但任憑小莎怎麼絞盡腦汁，也想不出阿鬼在該科實習時，有什麼突出或特別的表現。

之之疑惑：「怎麼會，他可是拿了A^+耶！」

小莎說：「不會是『北村』主治打錯分數吧？」

該科負責評分每梯次學生的主治醫師，因為面貌帥中帶邪氣，很像日本明星北村一輝，故名之。北村的嚴格跟機車眾所皆知，每一屆學長姐在交班各科老師攻略時，提到北村總是恨得牙癢癢。「女王」小莎曾經創下半年的課堂作業都由各科學長代勞的紀錄，學期末還有學長專門開班授課做總複習，她只要稍微「拜託～」一下，通常老師都會心軟，然後減少整組的工作份量，但就連她，也攻克不下北村主治。

小莎說：「北村改作業超嚴格的，上課也都不苟言笑。」

之之點頭：「對呀，為了他的作業，我還半夜特地去查病歷、查資料，超拚的！」

小莎噘嘴：「而且他對我印象好像也沒特別好，有一次上課我特地打扮，坐他旁邊，他居然拿紙對著我搧！我抗議說：『老師，你這樣沒禮貌耶！』妳們知道他說啥？他說他對香水過敏！」

緹娜噗哧一聲，小莎瞪一眼，繼續說：「我說我又沒噴香水！北村居然超不屑瞄了我一眼，然後說『那我對粉過敏』，氣死我啦！」

小莎跺腳，緹娜大笑，內心OS：「原來不是只有我覺得小莎上班時，妝化得太濃。」

但兩人的嬉鬧，仍擋不住之之的推理之路！

小莎又說：「不過說到阿鬼，他才扯！上北村的課，居然有一次遲到半小時，一進門還鞠躬大聲說：『老師對不起！我睡過頭遲到了！』沒想到北村笑說：『現在像你這樣誠實的學生很少見。』真是莫名其妙！」

阿鬼這樣表現，到底為何能打敗無敵用功的之之，奪得A+的成績？

之之喃喃自語：「當你排除了一切不可能的因素之後，剩下來的東西……好吧！只好直接問阿鬼了！」

之之在護理站抓到阿鬼，只差沒把阿鬼的領子拎起壓到牆上壁咚！裝出氣勢正要詢問，沒想到阿鬼自己大方招認了！

阿鬼毫無心機的燦笑：「哈哈！妳們也覺得很奇怪齁？我還想說老師是不是打錯分

數咧！

緹娜跟小莎一副看好戲樣。

之之問：「北村怎麼可能打錯分數，還是你有幫北村做什麼實驗？整理他的論文？」

私下學生幫老師做事，換取較高的分數，其實不是舊聞了。

阿鬼一臉困惑：「沒有啊，我上他課還遲到過，想說沒被評成D就不錯了！」

之之頹然喪志：「那就奇怪了……」

阿鬼繼續說：「北村他後來在課後輔導時間約我吃宵夜，說偶爾遲到沒關係，我還以為他是安慰我的。」

等……等一下！

緹娜的鬼達都逼逼叫了！

小莎眼睛都瞪大了！

她們大聲道：「等一下！你說吃什麼『宵夜』？」

阿鬼倒退半步：「咦？他說每個學生他都有私下個別約談，找我是剛好吃宵夜啊。」

三女齊聲大叫：「哪有啊！」

阿鬼臉色慘白，囁嚅：「那……那他也沒有找妳們，去他宿舍幫忙整理ＣＤ囉？」

原來，阿鬼那一天的遲到破門、露齒燦笑，不知怎的打動了北村，北村之後分別約阿鬼吃了兩次宵夜、一次宿舍整理ＣＤ，阿鬼完全無感！單純以為是指導醫師的……「單純指導」。

緹娜潛藏內在的腐女魂整個大爆發！她衝上前，露出動畫《進擊的巨人》中對怪物巨人充滿異常熱愛的分隊長漢吉・佐耶那種噴火的眼神：「吶！吶！吶！然後呢？然後呢？」嚇死阿鬼了！

阿鬼紅著臉、顫抖的說：「北村還有一次說，有多的泡湯券，旅展買的，問我要不要一起去……」

緹娜狂喜到整個鼻血都快噴出來！真實世界的腦內補完，還有什麼比這更能振奮腐女魂？

之之整個退下、搖頭，沮喪得說不出話來。

小莎拍拍她的肩：「結果，答案揭曉啦～」

沒想到腐爾……福爾摩斯最後追尋到的線索，真的是「剩下來的東西，儘管多麼不可能，也必定是真實的」。

之之自知A^+追討回來的希望已經掉落至萊辛巴赫瀑布，絕望離去。

小莎怡然的說：「就說嘛！一般male怎麼可能那樣對我！」瞬間自信HP又恢復滿格。

角落裡，還聽到緹娜八度音尖聲問：「所以呢？整理CD？他有幫你從背後扶著爬上書櫃嗎？然後呢？泡湯！要去！要去！一定要去！記得要帶肥皂啊！」

千萬要小心〈

誰虛度年華，青春就要褪色，生命就會拋棄他們。——雨果

緹娜、小莎跟之之，好不容易排到空檔聚在一起，這次聯誼的對象是號稱史上約炮最容易成功的「法律系」。不是我們亂說，是連新聞都這樣報導：「大規模問卷調查『大學生約炮情況』，網上回收一萬多份問卷，分析結果指出，逾兩成大學生曾約炮。相較十四年前的研究顯示，約炮比率高出一倍。再進一步交叉分析科系別，發現曾成功約炮過的大學生中，男女皆以法律院系的比率最高。❷」

對於這次聯誼，小莎女王翻翻白眼，對她而言，沒有哪一系男生是她攻不下來的，只有願不願意的問題。而且她最近目標轉移到有房有車的社會成功熟男族群，純粹是為了湊人數才來；緹娜一臉睏樣，外科的實習生活下來，她已把自己當外科人，不是想睡就是忙到沒時間睡，這次是被之之拖來的；而主辦人之之則拚命陪笑，都是她糊里糊塗的答應了護理系同學參加跨校跨科聯誼，畢竟自從她們新生報到後，這塊「醫學系女生」的招牌，只要提出去要辦聯誼，都會鎩羽而歸，反觀同班男生，早就聯到翻過去幾翻了（白眼）。

建議搭配音樂
范瑋琪、張韶涵．〈如果的事〉

之之甚至想起連暑期舉辦的高中生營隊，都變成男同學假公濟私的時刻。之之問：「你們看報名表看得那麼認真幹麼？」

男同學異口同聲回答：「我們要確保參加人員的男女比例均等啊！」結果報到時一看，是指男女隊輔加上學員們的「男女比例均等」（超級白眼），所以學員的女生比例遠高於男生，根本是大學男隊輔自肥的機會啊！

之之眼看醫學系女生處於不上不下的尷尬空間，怎樣都要押著她兩個朋友來出席壯膽，兼跳脫舒適圈——小資女單身優渥卻窮忙貧乏的舒適圈。

聯誼在臺北號稱最高樓層的鐵板燒餐廳舉行，裝潢菜色一等一，男伴水準也一等一。但三個女實習醫師突兀的矗立在護理妹妹群中，論年齡論青春度都差上一截，倒也自得其樂，自己聊自己的。

男生當中最搶鋒頭、開了一整晚黃腔的法律系A仔，邊說還不忘動手捏捏掐掐旁邊的女生。此時他又開頭了：「你們知道嗎？現在國小的數學題目都是類似什麼『王太太買了五百萬的豪宅，房屋稅要多少，請問她如果買三間房總共要多少』。」

「真的嗎？」妹妹們一臉景仰的表情。

A仔點頭：「對啊，這種動輒百萬的數字，男生很行，女生就不太行，妳們知道為什麼嗎？」

❷ 新聞出處：蘋果日報。

「為什麼？」妹妹們異口同聲，吸引了之之她們注意。三個聯考數學皆滿分的女生，緹娜當年差點念物理系、小莎還參加過奧林匹亞數學競賽，很想知道這問題對女生來講有啥困難？

A仔露出賊笑：「因為男生常常會需要處理以百萬為單位的代謝物啊～」

一陣靜默。

妹妹們面面相覷，旁邊三個女實習醫師則是白眼翻到不行。

A仔接著揭曉答案：「妳們看，果然不知道齁～就是那個所謂射……」

這時，開始有妹妹臉紅掩耳、嬌笑抗議起來，一陣你打我躲，好不春光綺旎！

「等等，不對唷！」本以為一直在神遊狀態的緹娜發出沙啞的嗓音，她用指頭敲敲桌面：「其實射精，泌尿科的課有教，每次至少兩CC、每CC量至少兩千萬……」

之之接著說：「也就是說，每次射精至少要有四千萬個精子。」

小莎托腮微笑：「A先生，該不會你都只有百萬的量，這樣精蟲數量稀少，要去檢驗精液唷！」

A仔臉一陣青一陣白，尷尬地收回手。

小莎轉頭指著緹娜：「說到精液，妳上次白班交班給我的病人開錯檢驗單了，妳知道嗎？」

緹娜抱頭：「啊！該不會是那個千百年來都改不了的電腦選單錯誤嗎？」

原來，電腦開單要選擇檢驗類別，用英文開頭排序，最常開到的驗尿項目（sediment，尿沉澱常規檢查）跟精液（semen）緊鄰在一起，一不小心就會點錯！

精明一點的護理師會挑出毛病，歷屆學長姐交班的「實習生存守則」也會特別註明，就算護理師太嫩、傻傻拿檢驗單給病人，發現要收集的檢體是「精液」，也會改正回來。不過話說回來，明明只要簡單的修改電腦設定、加個隔線或星號就能防呆卻不做，屢次搞翻眾人，也是奇葩！

之之也笑說自己開錯單好幾次了，瞬間，眾人的焦點都轉移到這話題上，撇下A仔一個在旁邊咬牙。

尺度一旦被打開，用學術方式名正言順的談論，也就沒有什麼黃色笑話生存的空間。當然，妹妹們也不用跟著裝清純惹（、ㅂ、ᴗ、ㅂ）離去時，緹娜帥氣的結交了好幾個妹妹當朋友，有點莫名被簇擁著離開（咦？不是來聯誼嗎……算了，交交朋友也很好啦。）

之之跟小莎殿後，經過男生面前時，小莎笑著對A仔說：「要記得，是『千萬』唷！」

旁邊沒跟上話題的男生們紛紛問道：「千萬什麼？什麼千萬？？」

A仔從牙縫中擠出：「千萬……千萬要小心啦！」

用黃色笑話炒熱氣氛的呆瓜又滅絕掉了數量一。

‡　‡

緹娜、之之、小莎，三個女孩，不同的背景，不同的理想，成為莫逆後，足跡遍布。一句喊聲就能立刻揪出遊，直衝貓空看夜景；值班還沒結束就相約吃飯，甚至在醫院地下街煮火鍋，水一煮滾立刻用筷子搶食、笑鬧；出遊前，一起翻地圖找資料訂車票，好不熱鬧，國內國外都處處留影。

之之感嘆：「我沒想到能在進醫院後，明明壓力這麼大，還玩了這麼多地方耶！」

緹娜大喊：「天啊！我真的嚇到要腿軟了，想不到這裡這麼高！」說完，跳下紐約雙子大廈頂樓的景觀望遠鏡臺。

小莎得意的說：「就說吧，這裡是必遊景點！」

緹娜開心的說：「超讚的！以後我們三個人要是都沒結婚，就一起住個透天還是公寓當室友吧！我當外科幫你們開刀，之之呢內科好了，幫我開慢性藥……小莎呢？」

小莎說：「我隨便，啊不然我泌尿科好了！」

語罷，三人大笑，頭髮被強風吹得亂飄，一瞬間小莎的白色草編帽被吹飛了好遠。

友誼正焰，如果的事都是美好的事。

醫師娘美夢

假醫師自稱臺日混血　兩女獻身人財兩失❸

「……在診所當護士的Dora（二十八歲）投訴，一名臉書暱稱『Domoto Tsuyoshi』的男子去年十一月主動加她臉書好友，自稱是臺日混血兒『堂本悟靖』，畢業於東京大學醫學部，擁有臺日雙重國籍，目前在臺中榮總擔任心臟外科及婦產科醫師，希望和她交往。

「……另名在貿易公司上班的Chloe（三十歲）也遭堂本以相同手法騙上床，她說，堂本和她吃過幾次飯，除第一次外其餘都是她付帳，對方以預支薪水借給朋友應急、缺錢為由，向她借十萬元，她當下未同意，事後向榮總查證才揭發騙局，從此不再與對方聯絡，堂本露出馬腳後，日前還悄悄將臉書暱稱改成『Sakurai Sho』……」

‡ ‡

緹娜驚呼：「Domoto Tsuyoshi？Sakurai Sho？這不就是堂本剛跟櫻井翔的羅馬拼

❸新聞出處：蘋果日報。

建議搭配音樂
克莉絲汀・阿奎萊拉（Christina Aguilera）・〈Candyman〉

音嗎？擺明就騙人的啊！」

小護士斑斑哭倒桌上，緹娜不知要怎麼安慰才好。

斑斑哭說：「人家不知道嘛！明明看他臉書分享一大堆開刀動態，以為他真的是婦產科的……」

緹娜舉手打斷：「等等，妳之前不是說他外科的？」

斑斑眨眨無辜大眼，淚汪汪的說：「一個醫師不是可以做兩種嗎？而且照片都是開刀房裡的照片呀……」

緹娜按摩著太陽穴，覺得頭有點疼。

斑斑說：「人家只是很相信他一開始講的嘛……」

緹娜內心翻了個白眼。在醫院實習後，什麼光怪陸離沒看過。男醫師稍具顏值，就吃香到飛上天；剩下長相比較歪的，初期會被冷處理，但隨著時間一久，就開始有了人肉市場價值。在女性爆滿的工作環境下，眾多單身女同事們虎視眈眈。

雖說醫師護士的交往組合，在醫院非常常見，畢竟「男醫師」這個莫名被加了光環的身分，不管在哪個婚配場所都很有用，更何況，每日長時間朝夕相處，要說比旁邊的工作夥伴更懂自己習性的，還一下子真找不出來。

但，不管哪個行業，該渣的還是會渣，無關工作。

斑斑剛畢業就進入忙碌無比的醫學中心，想多學一點經驗，沒想到經驗不敢說增加多少，倒是忙碌程度遠超過預期。忙到沒空回老家，忙到沒空刷簿子看薪水，忙到下班了要找個精神況狀好的同事出去玩都很難，大家都好忙好累QQ

結果，下班後只能追劇、上網、打屁、睡倒、隔天再累倒，日復一日。一直到斑斑從臉書上看到有個帳號敲她——Domoto Tsuyoshi?

斑斑好奇一看，發現彼此有共同朋友三十六個，應該同是醫院裡工作的人吧。反正臉友這種東西，加加也無妨，加下去吧！一加下去，斑斑就開啟了自己燦爛動人的世界。

原來，堂本醫師先生是另一間醫學中心的總醫師！常常分享「在我沒有放棄前，誰都不能帶走我的病人！」或是「拚了」這類熱血臺詞。斑斑好奇一問之下，堂本醫師不只是心臟外科的，還兼婦產科，都是現在最忙最累最辛苦又令人景仰的科別。

斑斑在畢業前，對實習外科很不上心，現在醫院工作又只是兒科的小單位，遇到真的外科，又是背景發散光芒的熱血醫師，覺得神奇又高興！更別說這個堂本醫師，每天都會跟她通話到她睡著。

「因為有妳，讓我明白。」

「閉上眼，跟妳一起去感覺……」

斑斑露出幸福迷濛的笑臉。

「等等，妳說什麼？他哪間醫院的？哪有外科那麼閒，還可以每晚通話？我累都累死了，還不見得有力氣爬回宿舍睡，他居然可以每天通話？」

在追求之初，斑斑就不經意在電視間說溜嘴，被同住女生宿舍的實習醫師緹娜聽到，立刻提出質疑。

斑斑回答：「痾……他好像是外科去婦產科……支援？」

緹娜說：「這也不合理啊，妳看他臉書照片，永遠只有自己的一張美顏照，後面再配一堆開刀照片，幾乎沒有他自己在開刀房裡的照片，是不是網路抓來的也不曉得。」

斑斑臭臉心想：「哼，妳反正就是老姑獨處，哪知道那種交往的感覺！」

緹娜還想追問，斑斑早已藉故離開了。

交往期間，斑斑如同進入一場夢境。堂本醫師除了帥氣不說，一開始約會還開著大臺進口車來接她。坐上副駕，斑斑甚至已經預見自己成為醫生娘的光明未來！又帥又光明前程，Sweet Sugar，再也沒什麼比得上眼前這位Candyman！倒是緹娜，每次在宿舍裡找她找得緊，一直想要提醒她還是確認什麼的樣子。

好煩！

斑斑有一次終於不耐煩了，直接抓出手機截了個畫面給緹娜看：「妳看，人家開刀的照片，還有什麼好說的！」

緹娜定睛，上頭寫著「主動脈剝離根置換合併冠狀動脈繞道手術」，男生還帶了個聽診器入鏡。

緹娜心中「登愣」一大下。

聽診器明顯是便宜道具，自己整天跟聽診器為伍，高檔聽診器的鼓面上都會有廠商LOGO，男生戴的那種是醫院護理站讓護生練習、最簡陋的樣式。而且，「主動脈剝離根置術」是主動脈剝離時的手術方式，「冠狀動脈繞道手術」卻是心肌梗塞嚴重時的手術方式，兩者同時手術相當少見。

這男的非常用心，但還是犯了個錯，「主動脈剝離根置換合併冠狀動脈繞道手術」

這段話，多了「剝離」二字！

緹娜一一解釋給斑斑聽，斑斑越聽臉色越鐵青。

緹娜說：「醫院消息都是互通的，醫界又超小，妳給我他的名字，我去查。」

斑斑頭搖得跟波浪鼓一樣，轉身就走！她才不要讓緹娜破壞她即將降臨的幸福呢！

等到被騙色騙錢，男生被別人告到上新聞了，斑斑才崩潰大哭。

要騙騙她一人也就算了，居然還騙了其他好多傻女生！

斑斑哭得死去活來，緹娜拍拍她肩，心想：「還是別讓她知道，上次又聽到哪個護理站有小護士一樣被騙，還騙到去夾娃娃的事了。」

小劉醫師說

真實的事件往往比故事還離奇，本以為女護理師容易被這種騙，殊不知，對男醫師光環有憧憬的女醫師也所在多有。直到這時，緹娜還信心滿滿的以為同我族類，應更能趨吉避凶才對，只能說，果然還真的是太年輕啊……

本篇改編自社會新聞。

褲頭的祕密

婦科主治喬治王覺得好奇怪，今天在刀房不管走到哪，都有竊竊私語的笑聲，而且，在他現身瞬間戛然而止……

一定有鬼！

難道是昨晚的事？不可能、不可能，他搖搖頭，把疑惑甩掉，反正之前也這樣，都相安無事了，這次能出什麼差錯？

「刀房第一種馬」的名號可不是叫假的，喬治王是醫院內開得一手好刀的名主治，談吐幽默風趣，別的同歲數主治可能已經開始在地中海禿上抹髮油、啤酒肚、穿著重複那幾套袖口泛黃的襯衫。可是喬治王不一樣，他愛穿牛仔褲、慢跑鞋，講話時喜歡撥弄一頭烏黑的旁分劉海，還維持健身的好習慣。

昨天，他終於攻克了那座指標性山頭——「外科最後的公主」凱蒂學妹。

出身名門，家族出了一堆醫界大老，凱蒂從踏進醫院實習那天起，腳下就踩著紅地毯了，當上住院醫師後更不得了了。

喬治王特地調動班表、研究了值班區域、在護理站多次上演不期而遇，費盡心思。凱蒂本來看到他都是臭臉，直到某次半夜，病房有CPR（心肺復甦術）需要急

建議搭配音樂
泰勒絲（Taylor Swift）．〈Wildest Dreams〉

救的病人，凱蒂一整個hold不住，就這麼剛好，喬治王披著一身主治白袍翩然而至，上演英雄救美的戲碼，把慌亂的醫護團隊穩住。

喬治王一句：「學妹，我來。」迅速示範插管，跳上病床按壓心臟時，一邊想：「哼哼，怎樣，我的背影應該很MAN吧！」

「怎麼會有人這麼『假會』？」凱蒂當時心想，眼睛微瞇。

喬治王誤以為凱蒂的表情叫作一臉佩服，殊不知她早已經是BOSS等級了。當然，這裡講的不是醫療臨床技術部分。

一陣兵荒馬亂，把病人送進加護病房、喘口氣後，喬治王抓住了這刻的天時地利人和，上演當時經典的「羅密歐與茱麗葉之李奧納多版本」。

畫面是這樣的，當時護理站中央的病例櫃，是個直立在桌子正中央的一大片櫃子，像圖書館的書櫃兩邊沒有底，兩面都可以抽病例，忙的時候雙面皆可工作，增加效率。有時推回病例甚至要小心，以免太大力、飛出去敲到對面的人。

喬治王就在病例櫃的對面，看準凱蒂伸手要拿的那格欄位，故意在那瞬間跟她四眼相對，還猛放電。

一時沒心理準備的凱蒂拉出病例，發現對面有一雙大眼正對著自己猛眨，嚇得反射性把病歷推回去！

「啊～！」被鐵皮病例夾打到眼睛的喬治王慘叫，凱蒂連忙繞過櫃子到另一端查看，就這樣開啟了對話。

怎樣，夠浪漫吧？當年花美男李奧納多也是用這招在水族箱對面把妹的！

喬治王摀著眼睛，在心中給自己一個讚。

凱蒂卻心想：「怎麼會有人這麼蠢，要不是還算帥……」

後面兩人如何過招，最後意外在驅車離開旅館出口時，被往返於市區跟院區交通車上刀房的同事瞄到，又是另外一個故事了。

‡　‡

男更衣室內一片哄鬧：「天啊！真的假的？」

喬治王得意的笑，早已跟主任之女，也是另間醫院醫師訂婚的他，露出最誠摯的否認表情。他才不會招認咧！

「專心開刀啦！衣服趕快換一換！」他故作斥責貌，轉移焦點抱怨說：「最近刀房更衣外包招標，又流標了？」

沒有更衣清潔人員，適合的衣服尺寸少好多，隨便拿件小一號的褲子穿，天啊，這褲頭還真緊！最近為了邀妹，宵夜吃太多了！

喬治王不是只有一個妹，凱蒂這號被抓到根本不算什麼，叫這些以為自己聽到什麼了不起八卦的魯蛇們閃邊吧！

女更衣室那邊：「天啊！真的假的？」圍著凱蒂的幾個換帖死黨，平時撿她不穿的名牌衣鞋、團購凹她請客的女孩們，嘰嘰喳喳著，凱蒂則一臉「嗯哼」的表情。

「你們知道他值班時的怪癖，都把髒內褲亂丟在值班室內嗎？」

「啊～好噁啊！天啊～～」眾人驚呼。（可以知道這麼私密的事情，不就代表……）

凱蒂撥撥頭髮：「我早就知道那群臭男生會怎樣說了，所以我先下手為強，他要否認就給他否認，男人嘛，都需要面子。」

她微笑：「我趁他不注意，在他內褲褲頭上畫了個愛心，他昨晚根本沒空換，今天應該都還穿著唷！」

「啥！真假的，妳好敢唷！」眾人笑開！（真是太賊了，誰能去檢查真偽啊……）

兩邊笑鬧完，走出更衣室，喬治王跟凱蒂見到，居然，裝、作、不、認、識！

這真是銅打的鐵壁，泥敷的臉皮。

喬治王這才驚覺，或許，自己，棋逢敵手？以為自己扮豬吃了老虎，結果自己是被老虎吃的豬！（繞口令）

他鎮定住，故意在過隔離消毒鐵門時，紳士貌說：「After you.」

瞬間，兩人想到那晚的某些合體動作確實有After you的組合，凱蒂噗哧一笑，喬治王幾乎嚇到要吐血咬斷自己舌頭了……咳咳，他轉身走往不同的走道，至少今天他待的刀房方圓一百公尺之內，不會跟凱蒂有所交集。

沒錯，他連這點都算好了。要在圈子這麼小的地方混下去，這點是必要的。兩人都有默契，昨夜發生的事像免洗餐具一樣，一次打卡過了就好，之後兩人相見不相識，依舊是醫界的好男好女。喬治王的事業正蒸蒸日上，一片坦途，還不想定下來，而且就算要找他，也要找乖乖女或那種剛實習的傻學妹、不是這種玩咖！（記得這梯次有個滿漂亮、叫小莎的……）

只是人算不如天算，喬治王今天真的運氣太好。

在他開刀時一直有人似有若無的找他閒聊、拍拍他背、各種好心想幫他穿脫無菌衣。

（ఠ్ఠ ˓̤̫ ఠ్ఠ）◉˓̤̫◉）

是他人緣太好嗎？甚至當他在刷手檯前一彎腰，後方就突然有圍觀群眾傳出驚呼。

（σﾟ∀ﾟ）σ喬治王覺得好奇怪，一定有鬼。

他心想：「難道是我彎腰時怎樣嗎？啊……我知道了！我穿錯褲子size到小一號的了啦！難怪！」

殊不知，大伙在他背後賊笑，不只是要看一彎腰就會露出褲頭的垮褲，而是拚命想要看仔細褲頭上有沒有傳說中、凱蒂同好會群組中瘋傳，她偷偷趁喬治王又亂把內褲丟在值班室時做的手腳、照片上的那個愛心啊！

〈我超帥，對吧？

緹娜雙手交在胸前，低吟，煞是苦惱。

她覺得自己遇到了瓶頸。進入實習後，她很清楚自己有學習衝動的就是外科，一直以來都是。問題在於她看越多妻離子散、被告到家破人（未）亡的外科學長們死的死、逃的逃，真的越看越怕、越來越猶豫。

就連她現在正在練習最愛的合氣道，也靜不下心來。跟她練對打的馬若林學長已經帶動做「單手抓轉身法」，她也四兩撥千金的把力道化成一個圓，往側邊推開。反正合氣道主要是個不講求實戰的「演武」武術，在暖身階段這些「以柔克剛」，「借勁使力」，「不主動攻擊」的動作，早已做到滾瓜爛熟。

緹娜得好好想想自己的將來，除了真的選外科，還有沒有別的希望？

偏偏就在這時，發生出乎她們三個好友意料的事。

之之跟小莎為了選科，紛爭已經浮上檯面。從學長姐傳下來的考題考古資料要怎麼分配，到搭老師分配的小助教工作爭功……好好的朋友，幹麼為了小事吵成這樣？原因就在於，之之早就表態想走「五官科之首」皮膚科，沒想到半路殺出小莎這個程咬金。皮膚科一屆只收一名，她們勢必要殺個你死我活！她越想越苦惱，換她出招做

建議搭配音樂
泰勒絲（Taylor Swift）・〈Blank Space〉

「雙手抓雙手轉身法」，突然上來的脾氣，讓她像是雙手上爬了蟑螂一樣，用力把學長的手甩掉！力道大到學長差點跌了個踉嗆！

剃個三分頭的學長，很像《瑪法達看世界》的馬若林，有點意外的看著臉臭得像吃了大便的緹娜，不敢搭話。

這個醫學系學妹突然出現在道館時，一出場，整個道館都籠罩在她的霸王色之下！他們一票男同學無論資深還是嫩的，都想認識她。但緹娜常常好像要那個……值班？練習也是有一搭沒一搭的，甚至有時候據她自己說「已經兩天沒睡哦好想殺人」，然後就會憤怒的摔人耍木劍，馬若林學長覺得自己的男子氣概都被比下去了。

不行！他得把男性優勢主導回來，學弟們以後還要聽他指揮呢！所以，馬若林常常嚴格要求緹娜學妹的各種動作細節，都要確實達到，過身摔之類的完全沒在手軟！

緹娜會來學習合氣道，單純是在路上看到廣告，覺得好帥啊！尤其是白衣黑裙的正式道袍。查了一下，得到外縣市的武館才有課，看看忙碌到不行的班表，一咬牙！把一學期的空檔都先排了下來！只是值班完後常常氣虛、頭暈，要不然就是遇到很盧的病人想抓狂，緹娜覺得自己學得不夠認真，沒別的辦法，只好預設給自己一學期時間，拿個初段（黃帶）就好。

她很苦惱選科問題，為此還偷偷觀察了每個外科學長姐的生態，以加分跟負分比較，例如：

可以很爽很直接的開口罵髒話——加一分（喂）。

每天要站著開刀開到腳軟、靜脈曲張——扣一分。

很有挑戰跟成就感——加一分。

壓力太大——扣一分。

結果一正一負、一正又一負下來，沒完沒了！

啊～好煩啊！

這時，動作開始加大幅度，做到「肩抓正面打轉身法」，她順勢一口氣轉身，把學長一隻手扯直、使其喪失平衡倒地後，把他左手反折到他後背，通常這動作意思意思做到此就停止了，但是緹娜還沒完！不但把學長的手反折、還用力往上提！痛到馬若林學長用另一手掌拚命拍地、喊痛求饒！

緹娜回神，連忙放開：「啊啊，學長對不起！」

馬若林揉著肩說：「力道控制一下，如果我被拉到脫臼怎麼辦？」

緹娜燦笑：「啊沒關係，徒手復位我會！」說完又自覺沒救了，連下班時間都在想外科的事。

‡　‡

緹娜找到外科學長群之中罕見到不行的小劉學姐。

外科學姐耶，聽說還結婚生了小孩，又當完CR（總醫師），工作、家庭都能兼顧！她一定很懂自己的心情，很能鼓勵自己吧！

緹娜逮到一次機會，衝上前問：「學姐，我想像妳一樣走外科，可以嗎？」

學姐立刻瞪大眼：「學妹啊，妳有沒有男朋友？」

緹娜愣答：「嗯？沒有……」

學姐又問：「那妳還想不想結婚、生子、養育小孩？」

「蛤……？」

學姐說：「還沒想到？沒關係，妳回去慢慢想，基本上女生要走外科，不能單憑衝動，體力、體能、甚至家人的支持，都會有很大的影響喔。」

緹娜覺得莫名其妙！這學姐怎麼不是講一些振奮人心啦，挑戰逆境啦，人定勝天的話，盡講這些七的八的！

緹娜嘟著嘴離開，心想：「啊靠……哪壺不開提哪壺，我就沒男朋友啦怎樣！」

其實，不只學姐這樣，其他外科學長們的態度也都類似：

「蛤，妳要走外科唷？」

「賣啦，妳會嫁不掉！」

「很辛苦捏，不建議啦！」

「去打雷射比較好啦，我都想轉行了。」

真奇怪，明明這些學長自己就是外科，怎麼這麼看輕自己所在的環境呢？明明電視劇演得都是外科的激昂，誰會演出「淡斑美白雷射的感動」呢？

緹娜非常不以為然，她認為自己適合，練合氣道也算是加強體能，但是……是否還不夠帥氣？才會讓學長姐們那麼看衰？心底偷偷響起一個聲音：「啊不然男朋友是要去哪裡抓一隻啊？」

可惡！她使出一記俐落的「正面打外迴轉」，把馬若林學長拋出兩公尺之外XD

‡ ‡

結束團練後上了交通車，道館離醫院非常遠，緹娜有漫漫長路要移動。道館旁就是夜店精華地段，她一上車，身邊擠了個酒氣沖天的阿多仔。緹娜閉目只想補眠，回醫院後還要忙大夜急診班呢。沒想到，隔壁的阿多仔竟然搖醒她！搖醒疲倦狀態、補眠等著要上夜班的醫師，是一件非常危險的找死行為！

緹娜眼冒怒火，瞪視著對方：「yes?」

阿多仔：「There is game, wanna play?」

WHAT THE F……

緹娜不敢相信自己的耳朵，這阿多仔是以為遇到有多貼的女生、敢這樣路上就開問？想走外科的女生，是全世界最不「好玩」的生物！

緹娜正色不語，隔壁的卻開始越來越多肢體動作、大腿擠過來、撞肩膀、眨眼，嘴裡吐露出來越來越多不堪的英文夾雜中文，總之就是一些one night啦！dig hole啦！好好玩der~

緹娜起身大叫：「司機！這裡有色狼！」

全車目光瞬間掃來！

這時阿多仔的中文突然變落漆，囁嚅著說：「NO!NO! NO Chinese!」然後倒頭裝睡。

緹娜死瞪著他，站起來在走道喊：「你給我起來，剛才不是很會講中文嗎？」

沒想到剛好到站，阿多仔一溜煙下車了！

可惡！這下子更鬱悶憤怒、更想殺人了！

晚上值班時，緹娜又遇到小劉學姐，學姐笑著邊教學邊處理病人，緹娜心想：「我也可以做得到啊，為什麼一定要問什麼男友還是家人的？」

緹娜邊拉筋，伸展著下午練合氣道時「護身摔」撞到的肩膀，正好一個酒醉到胡言亂語的病人被送進來——好死不死，就是那個阿多仔！

學姐剛要起身，緹娜就搶走新病人病歷：「學姐，我來！」然後走近，用鼻孔看著阿多仔：「Hello～ Do you remember me?」

阿多仔兩眼迷濛：「what??」

緹娜說：「Do you wanna play?」

阿多仔這時一秒清醒，瞪大眼罵了一聲：「Fuck!」接著就要揮拳亂揍！

旁邊正要把點滴打上手臂的護士驚呼，眾人全部一湧而上，但阿多仔藉酒裝瘋，像章魚一樣擺動雙手、亂吼亂叫，連警衛都找不到空檔逼近！

只見緹娜一個箭步上前，雙手承接住阿多仔要下揮重捶的右手，左腳滑移、逼向對方右後背，扭身一扯向自己的右後方，以自己右腳馬步蹲穩作圓心，順時鐘方向把成年男人甩拋出去，畫出一個華麗的大圓弧！阿多仔面向下摔趴，緹娜緊貼跪下、左膝就抵在他後背，接著，狠狠的把他手反折再反折又反折——合氣道第六式：斜打轉身法外迴轉！

「哇！好痛痛痛！」阿多仔突然會講中文了XD

緹娜站起，甩了一下汗：「呼！」卻發現四周充滿讚嘆的眼神。

由四個男丁接手，把阿多仔綑綁在床上。

這時，小劉學姐上前拍拍她肩：「學妹，妳可以走外科了！我肺腑之言！外科真的太辛苦，單身一人很難撐，所以才問妳將來男友跟家人能不能當妳重要的支持力量，現在我相信，妳一個人也沒問題的！妳根本就是個女漢子！」

緹娜一整個哭笑不得（〴ω〵）

‡ ‡

學期最後一堂合氣道課是鑑定考。

馬若林鼓起勇氣告訴自己，身為監考的小助教，一定要讓學妹另眼相看。難得除了平常練習穿的白衣白褲道袍，今天穿上正式的黑色戰裙，帥吧，嘿嘿！如果有機會，看結束之後，有沒有機會約學妹吃個飯⋯⋯嘿嘿（↓□↑）

升段鑑定考還有其他道館的人，學員多到爆！緹娜跟其他白帶新手們魚貫的做出每一式動作，整個道館裡摔地聲、拍掌聲不絕於耳。

馬若林學長身兼助教，要陪考生一個個過招、還要注意學妹有沒有注意他，超忙！忙到他道袍上衣整個胸口敞開都沒注意，後來注意到時，又想要讓學妹注意（繞口令）。

還有什麼比汗水淋漓的男性胸膛更帥的啊！

一對一演武著，其實很像小學唱遊課的土風舞時間，每個人都會交換舞伴前進，就在最後一式時，馬若林學長剛好對到緹娜！

行禮、交手，互握對方手腕！做出手刀動作抵住對方頸部！推肩、翻身，旋轉再旋轉！雙人舞一般的互借對方的力使自己的力。

最後結束，再次行禮。

起身後，馬若林學長得意的敞胸正對緹娜。怎麼樣？哥敞倘的不只是胸，更是男性的帥勁！

這時，緹娜若有所思的盯著馬若林學長半晌，然後開口：「學長，其實我一學期下來，一直有件事情不好意思講……」

馬若林：「（**來了來了是要告白了**）沒關係妳說，什麼事？」

緹娜微微低頭，抿抿嘴。

馬若林：「（**害羞了害羞了**）」

緹娜抬頭深呼吸說：「學長，你有男性女乳，要不要考慮開刀？」

學期結束後，緹娜領到了她的黃帶跟晉級證書，合氣道沒去也就沒放心上。反正那邊的人也不算很熟，馬什麼學長的本名叫啥？好像根本就不姓馬？

（人ˊ—ˋ）南無……

忘了XD

倒是小劉學姐當時挑明了她沒男朋友這件事，她一直在反省，究竟要怎麼才會有男性青睞啊？好奇怪！（ˊ･3･）她明明也是個黃花大閨女呀，到底春天何時會降臨？

是說，合氣道學完了，再來學什麼好呢？這時她瞄到電視上馬術比賽轉播，整個眼神發亮——馬術好帥啊！打浪、正步、小跑、快跑，然後是跳障礙！人馬合一的境界！

緹娜握拳：「我來啦！」

緹娜專屬的小愛神邱比特默默擦乾淚水，抹去嘴角吐出的血水，不知要守護這傢伙到何時！愛神之箭，箭箭虛發，乾脆一箭射死這廝算了！

就讓我們繼續慈愛（兼吐血）的關注下去吧！

‡　‡

之之發抖著掛掉電話，雙手掩面。她被逼急了，也會意想不到的反骨。剛剛在電話上，她幾近嘶吼，把對母親的怨與怒全部傾瀉而出。她本以為選擇將來從事科別，選自己最有興趣的就好。但當她知道自己想走皮膚科、以及競爭對手之多，甚至打聽到小莎也想競爭這科時，她害怕了。然而，這都沒有比她內心最大的恐懼來得害怕。

她一向埋著的祕密，如今就快要爆炸。單親扶養她長大的母親長年有躁鬱症，越來越失控了。狀況好時人來瘋，見誰都親暱招呼，甚至自稱是之之的姐姐；嚷嚷著自己還有身價，要介紹黃金單身漢給她；要不就是衝進店家，拿了東西就走，被報警當作小偷卻抵死不認，大吼大叫上演崩潰戲碼，鬧過頭後又整天在家昏睡，要不就以淚洗面……

當電話那頭的里長、警察、甚至路人都看不下去，打電話通知之之，她只能一再道歉，匆忙去收拾善後；如果是媽媽直接打來的電話，三分鐘後必有一方開始咆哮或大哭。

之之什麼方法都試過了，老家附近的精神科都看過，也詢問過急性病房。無奈能接手的不多，而母親的狀況又會突然看似正常，拒絕再次就醫。還只是個受訓的醫學生，她卻連自己至親的問題都使不上力，不敢講、也不知道要怎麼講。

之之靠在沒人會走過的小道牆邊，掩面哭泣。

第三章

結束與開始

〈妳所環抱住的〉

小莎作夢也想不到自己會淪落到這個地步，有愧她「女王」的一世英名，現在卻發著抖、光腳躲在租屋陽臺上等待天亮，馬路上已經開始有人潮出現，籠罩她的黑夜慢慢撤去，讓她得以喘息，她雙手環抱住自己的雙臂，退了半步蹲下來。

她無法退回房內，也不想探頭被路人看到。

好想哭……可是連哭的力氣都沒了……落魄到好想死。

突然，背後緊靠的玻璃門內一陣騷動，她倏然抬頭，整個背脊發涼！豎耳聽著，直到房內的翻動聲、摔門聲消失，她才整個癱軟。

腳旁的手機則是無聲的不停有未接來電閃光，

不停，

不停。

‡　‡

小莎為了跟喬治王交往，幾乎被緹娜跟之之罵翻了。

喬治王名聲之糟，臨床或許還不錯，但「刀房第一種馬」的名號，可是每屆學姐

建議搭配音樂

Fred Astaire．〈Cheek to Cheek〉

都交班給學妹了，小莎還要把自己栽進去！但小莎是有理由的……

她想起第一次，喬治王跟小莎女王的相遇，小莎正在電梯內等待門關起，突然一聲巨響——「碰！」一隻運動鞋踢進來卡住了門！

小莎錯愕的抬起頭，正對上那隻鞋的主人，悠哉地踏進反彈開門的電梯，他就是喬治王。

喬治王給了她一個燦笑，彷彿英國紳士掉了拐杖似的欠了欠身，把他的鞋子穿起來，邊穿邊說：「我們這些開刀科的，最重要就是手了，絕對不可以拿來檔電梯。還有同事會用頭去擋，但我的腦袋也很重要，所以囉！」

小莎整個被戳中笑點，笑到花枝亂顫。喬治王由高往下俯視，再度給她一個陽光燦笑。

小莎併肩站在喬治王旁，轉頭望向即將關上的電梯門外，心中警鈴大作。

Shit！她知道自己棋逢敵手了。

緹娜聽聞，立刻開罵：「不會吧！跟喬治王？妳幹麼一定得越級打怪啊？」

之之一臉關切但不作聲。

緹娜繼續說：「喬治王耶，喬治王耶！那個光屁股喬治王？妳幹麼去招惹那種人啊，我快崩潰了！」

小莎微慍。哪壺不開提哪壺。

要不是今天小莎從喬治王的跑車下來、溜進平常沒什麼人的醫院地下道時，正巧被值完班、抄捷徑回宿舍的緹娜撞見，小莎根本不想公開。

喬治王的花心早就是整個醫院出名的，醫院的傳說名場面之一，就是喬治王某次在刀房的空開刀臺上，被凌晨提早進去打掃的阿嫂抓到「光屁股」的畫面。

光屁股當然不是因為想吹開刀房裡冷爆不用錢的中央空調，光著的屁股下還壓了一個長髮女生。開刀臺的床又小又窄，能在上面「交疊」，真的要很有一番技術才行，而且據說肌肉練得極為結實。

每次開刀房內的總醫師帶著新進學弟妹rotate到該事件現場時，都會繪聲繪影的交班一番，最後甚至成為「打卡」名景點。

更何況還有不久之前的褲頭事件！

小莎心想：「可是喬治他告訴我，那都是在跟我交往前的陳年舊事了。」

緹娜這廂還在哀號，小莎心緒早已飛到不知哪去了。

之之沉吟半晌後開口：「小莎，妳是認真的，那喬治王也是嗎？他不是還有個主任女兒未婚妻？」

小莎用力點頭：「喬治說，那個他已經沒有感情，要分了。」

之之轉頭看緹娜，緹娜慘叫戛然而止，嘆了口氣。

話不投機半句多，小莎心想：「妳們這兩個經驗值幾近於零的傢伙，哪懂得這麼多？跟妳們講也沒用，等著變老姑婆吧！」然後藉故被電話call走了。

之之擔心的看著小莎的背影，問：「怎麼辦？」

緹娜有點生氣，一向是她們之中看感情最清楚、常指點她們迷津的女王小莎，怎麼一旦動真格，反而栽得比誰都深。

緹娜嘆氣：「沒辦法，之後有空再慢慢勸，倒是妳，妳跟小莎真的都要搶皮膚科？很競爭耶……」

之之沉默，她也不知道怎麼辦，一屆幾十個人搶一個名額，競爭對手裡偏偏有好友小莎。

‡ ‡

小莎在喬治王的帶領下，真正見識到前所未見的世界。

喬治王跟她的初次約會，開著她連名字都叫不出來，某種扁扁、低底盤的跑車。小莎整個眼睛都亮了！喬治王也帶著她參加大大小小的活動，品酒會、遊艇展、名錶新品會，小莎整個樂不思蜀，把醫院那些排隊幫她做報告、拎宵夜、修電腦的學長學弟工具人都拋到腦後，甚至一一甩掉、斷了聯絡。唯獨一個小莎還滿談得來的醫學系圈外人——A仔，是小莎還維持聯絡的。

A仔也不算在追小莎，更像是陪伴，陪伴小莎換過一個又一個，有時微笑、有時苦笑，等小莎又一頭埋進另一段感情、人間蒸發；等小莎分手後，憤恨不平的找他出來大吐苦水，然後A仔都會給她一個「沒事了」的拍拍。

在頭上輕輕「拍拍」，沒事了、沒事了。

A仔的意思小莎也知道，但小莎不點破，也不想破壞現在的關係——食之無味、棄之可惜的關係。

小莎就這樣沉溺在喬治王給她的體驗，超出過往經驗、遠非她那些井底之蛙般在醫院苦海掙扎的同學所能想像！

她浸在露天溫泉、頭頂落著雪花，欣賞阿曼飯店外伊勢志摩國立公園的景色時；

她站上紐約雙子星大樓頂、笑鬧著扭壓出紀念幣、俯瞰云云眾生在腳底下忙碌時……

她覺得自己置身天堂！背景音樂自動浮現那首爵士老歌：

Heaven, I'm in heaven,
And my heart beats so that I can hardly speak
And I seem to find the happiness I seek
When we're out together dancing, cheek to cheek……

‡ ‡

喬治王跟未婚妻的事情根本搞不定。

小莎聽喬治王找了第一萬次藉口，說他跟未婚妻如何撕破臉、關係冷淡、形同陌路，「但是」，訂婚如果要中止，牽扯太多，還要再談談。

小莎有一搭沒一搭的聽著，反正自己跟喬治王交往時就知道，自己更年輕，要打持久戰，自己更有勝算，看喬治王的嘴巴一張一闔，小莎想到的卻是另一個畫面。

她跟緹娜今天撕破臉，大吵一架的畫面。

緹娜奮力拍桌：「小莎，妳跟喬治王到底打算怎樣？為什麼還不分一分啊？」

小莎挑眉問道：「妳幹麼這種口氣？更何況，這干妳什麼事？」

緹娜語塞：「不是……我是想說……」她皺眉：「我是把妳當朋友，想問清楚……」

小莎直視緹娜，上下打量，認識緹娜這麼久，從沒這麼認真注意過她：永遠邋遢的短髮、不修邊幅的眉毛、從不上妝的臉，更別說總是一身值班服就進出宿舍，完全沒在打扮。

小莎內心突然有一股前所未有的厭惡油然而生，自己跟對方根本是天差地別！緹娜沒交往過喬治王這種等級，見識差太多了！

但小莎還是先按捺住，勉強擠出微笑：「是唷！那謝謝妳，我跟妳保證，我會慢慢斷掉跟喬治王的聯絡，搞不好很快就分手了呢！如果真的確定分手，第一個就通知妳好嗎？」

緹娜隱隱知道小莎在敷衍她，只能苦笑，但她有件事說不出口，話到嘴邊又猶豫了，怕會更傷害小莎。

緹娜今天在護理站聽到護士在傳，喬治王又在別的護理站搞上了新的學妹。

小莎不只是飛蛾撲火，根本是引火自焚。

‡ ‡

小莎越來越少跟緹娜碰面，最後連之之都不見了。曾經眾人簇擁的女王，光環越來越暗淡，因為喬治王開始管控小莎的行動。

喬治王說：「我覺得女生不要太招搖、太拋頭露面，早早結婚後，就應該專心顧家。」

小莎驚訝回答：「什麼？你是這樣看待女生的？那我這樣的女醫師，將來如果要繼續工作呢？」

喬治王微笑：「乖～我會養妳，妳就乖乖選容易開診所的小科，最好是皮膚科。」

他伸手抱住小莎。

小莎本來都還會暫時停止思考、陷入擁抱，但次數一多，內心疑惑的聲音越來越大，可是也只能強壓住。

喬治王：「妳看那個科，全國名額這麼競爭，院內就只拿到一年一個核定名額，不收女生當住院醫師是應該的，但妳放心，我可以保妳，我跟他們主任很熟！」

小莎問：「為什麼說不收女生是應該的？」

喬治王撇撇嘴：「拜託～女生體力差啊！整天叫苦叫累叫生理痛，而且妳沒聽說，之前他們科收了個女住院醫師，結果一下懷孕一下產假，搞到整個科人力大亂，人力真空缺口好幾年，誰還敢收女的啊！」

小莎驚呆了，沒想到喬治王看似紳士，實則大男人、骨子裡八股沙豬到極點！同樣在職場上，女性受限先天的生理因素，咬牙硬撐的所在多有。天賦人權，職場的工作表現，應該給予不同身體、不同的寬容。

小莎認為每次經痛就打止痛針、再衝進刀房的緹娜很傻；小莎也深深同情為了擠進醫科之首皮膚科，夜夜挑燈苦戰的之之。

好久沒見到她們了，不知道她們過得可好？但是小莎不敢多想，自己在別人眼裡又是什麼定位呢？她想起緹娜憤怒的表情，閉上眼，小莎覺得更加氣憤、孤立了。

若是朋友，就應該能懂，既然不能懂，就不再是朋友。

小莎窩進喬治王身邊，再次催眠自己：「我有你比較重要。」作繭自縛。

‡ ‡

喬治王幫小莎租了間套房，把車給小莎開，除了交代不能讓外人坐之外，小莎著實開心了好一陣，連喬治王跟他未婚妻解除婚約的進度都懶得追問。

平常，小莎不太能主動打電話給喬治王，因為喬治王說他的手機不是正在講醫院公事，就是在開刀，怕被護士代接到。

小莎的保養品、口紅，就像宣示主權般開始占據車內空間，一件喬治王買來送她的喀什米爾羊毛針織外套，也成了副駕駛座上的定番裝飾品。

之之打電話，小莎草草敷衍。

A仔傳簡訊，小莎已讀不回。

緹娜倒是完全不再聯絡了，小莎、緹娜、之之三人的實習科組別不同，在偌大的醫院，根本很難遇到，讓小莎耳根樂得清淨。

但是那天，大事件發生了。

小莎被喬治王規定，每日活動範圍除了實習需要進入醫院，其他時間都要回到車程三十分鐘、喬治王幫她租的套房裡。就在回程路上，還差兩個路口的轉角，小莎跟另一輛看來也名貴級了的跑車擦撞。

小莎氣急敗壞的下車檢視，瞄了一眼對方駕駛，是個妙齡長髮美女，不禁嘖了一聲，心想：這車想必不是她自己買的吧！

小莎問：「妳沒事吧？」

長髮女劈頭就罵：「妳怎麼開車的啊！撞壞我的車，妳怎麼賠？」

小莎也動怒了：「怎麼這樣說話啊？明明我是直行車、妳要讓才對！我車也被撞了，妳才該賠吧！」

長髮女拉高嗓門：「真不講理，看我叫我老公出來教訓妳！」急忙就打起電話。

小莎也不示弱：「哼，那我要叫我男友來！」她打給喬治王，等了一會「通話中」後總算等到插播，小莎氣急敗壞的要喬治王到場，喬治王竟一口答應！

小莎得意的抬抬下巴、雙手交握胸前，冷眼看向對方，沾沾自喜於喬治王對自己的重視。我果然沒看錯人，喬治王真的是在乎我的！

當遠方出現喬治王的車時，小莎幸福滿溢得幾乎要熱淚盈眶，她笑綻滿臉、微微顫抖著迎接喬治王下車，打算當喬治王走近時，給他一個大擁抱！

說時遲那時快，長髮女一聲尖叫，跺腳衝向前嬌嗔：「老～公～你怎麼現在才來啦！你看人家都被欺負惹，那女的撞我的車車捏～」

小莎腦中一片轟然。

老公？叫誰老公？

挖哩咧她叫我的喬治王「老公」，有沒有搞錯？

小莎駭然的看著喬治王正被長髮女抱個滿懷，目瞪口呆。

喬治王尷尬中不失鎮靜，回抱長髮女、摸摸她的背，哄道：「乖～我來處理。」望向小莎。

小莎聽到曾用來安撫自己的那聲：「乖～」

小莎開始用力尖叫，羞愧、憤怒、絕望潰堤，像《進擊的巨人》動畫中，女巨人狂奔那樣衝上前又踢又打又踹！混亂當中，小莎竟被揍了一拳肚子！她痛得蹲下摀住肚子，在淚光中疑惑的抬頭，發現是喬治王一臉鄙夷的出了手。

喬治王揍她！

當天的吵鬧很快就傳了開來，A女跟B女車禍，兩個叫來的男友竟是同一人，而且A、B兩人竟都不是原配！當事件狗血到可比八點檔時，荒謬感可以麻痺掉一切的傷痛。

從那之後，小莎跟喬治王經常動輒火爆得互罵，然後拳腳相向，小莎甚至被喬治王打到只得躲在陽臺、假裝人不在房內，小莎想要好好「談」時，又常常被威脅：「那就分手吧！」事後男方道歉、乖巧一陣子，又故態復萌……

她怎麼能分手？已經自絕於人外、孤立無援的小莎，怎樣也放不下這根稻草，儘管就快要溺死在排山倒海而來的絕望之海裡了。

‡　‡

又一次挨揍，小莎作夢也想不到自己會淪落到這地步，一世英名「女王」的她，發抖著光腳躲在租屋的陽臺上等待天亮，她雙手環抱住自己，退了半步蹲下。

背緊靠著的玻璃門內突然一陣騷動，她倏的抬頭，背脊發涼！豎耳聽著房內的翻動聲，直到摔門聲響起，她才整個癱軟。

腳旁的手機則是無聲的不停有醫院的未接來電，不停，不停。

喬治王傳訊：「妳到底去哪了？我好擔心，原諒我這次，我帶妳去吃大餐。」

醫院總機傳訊：「小莎醫師有未完成簽章病歷十六本，請於三日內完成。」

之之傳訊：「小莎，最近忙嗎？有沒有空約吃飯？」

她低頭，更緊緊抱住自己，顫抖的雙臂依舊有著體溫。自己明明心都已死了，怎麼還有體溫？

也才不到一年，雙子星大樓紀念幣都還收藏得好好的，她的這段感情卻已經變質成如此。

窗簾縫吐露著沒關好的新聞閃爍，無聲播放雙子星大樓遭受恐怖攻擊的畫面，彷彿在預言她的這段感情。

妳所環抱住的，應該是這個世界上最後的勇氣與力量了。

在陽光灑落的時刻，小莎不斷的告訴自己，催眠自己。

淚如雨下。

無聲。

崩毀。

Body talk

其實也曾有過美好，至少小莎在心裡這樣催眠自己。她決定把喬治王動手當成偶發事件，拋到腦後。畢竟當初她可是費盡千辛萬苦，才奪到這個位置的。

每個瀕臨決裂的關係中，被斷裂者都會這樣想，尤其小莎還背負「小三」的名號。

「這哪算小三啊，喬治王也只是跟對方訂婚罷了！更何況，現在都什麼年代了，就算結婚了還是可以離婚啊！真正不被愛的那個才是第三者！」

經典洗腦名句出現！

她拚命用這些聲音壓住腦海中瘋狂吶喊的嘶吼，忽略掉成年人感情需要付出的經營與責任。至少，曾經也有那些美好，不費吹灰之力就能占據所有思緒。

最經典的就是那次了，她邊想到笑出聲。

她回想起她被喬治王煞到最慘的第一次！

‡ ‡

實習時的「女王」小莎攻無不克，同屆的校內外男實習醫師，都多少對她表示過好感。但她欣賞或期待的是更有人生歷練、幽默、風趣、坦蕩的類型，不是這些光為

建議搭配音樂
Krissie Karlsson, Karl Karlsson, & Nicki Karlsson‧〈Body Talk〉

了實習值班跟課程，就已經披頭散髮、像照不到太陽的地鼠突然出洞、目光如豆、畏畏縮縮的男生。

她值班時都有專屬小幫手，有時是同組男生、有時是同科學長，只要優雅一笑，所有值班大小事都可以讓他們去忙，她可以在值班室裡好整以暇的看日劇。反正自己對這些科別沒興趣，平安下莊最重要，有人自願代勞，何樂而不為？

她慵懶的挪動身體，啊～舒服最重要！

小莎接連幾次值班，只要超過大夜班時間，都會有人自動幫她代勞，偶爾難得自己得到護理站處理，她都好整以暇地慢慢把妝補好、髮型sado好、才會悠哉晃進護理站。

若護理師丟給她的事情太複雜，她就會上報找學長幫忙，然後看她心情，精神好就留下跟學長閒聊幾句，要是太累，就自己先藉故回去休息。畢竟醫院這麼大，誰都有可能call她處理別的事。

結果那次，等小莎補好粉，確定睫毛捲翹無懈可擊，進到護理站時，學長已經在病例櫃翻資料了，她堆起笑容靠近：「學長，不好意思，我剛剛在忙。」

突然瞄到櫃子另一面——是緹娜！怎麼頭髮全濕還滴著水？她噗哧一笑，引得學長頭一抬，小莎瞬間心頭一箭！

竟然是喬治王！看來是半夜手術剛結束，還穿著值班服，難怪一時分不出是主治還是住院醫師學長。

喬治王低頭繼續翻資料：「病房說妳很難call？」

小莎心頭一驚，趕緊笑答：「沒有啦，我就剛剛在另外一邊護理站……3A那邊。」

喬治王說：「我從那邊過來的，那邊的護理師也說妳整晚都沒過去處理。」

小莎心虛，裝可憐的癟癟嘴：「可是……我女生嘛，這麼晚，總要整理一下才能出來……」說完，想靠近喬治王坐下，結果喬治王反而後退了半步。

小莎有史以來第一次遇到這種情況，整個眼睛都瞪大了！

喬治王定睛看她半晌，繼續查手上的資料：「我討厭妝太濃的女生。」

小莎簡直氣炸了：「什麼？我、我這只是淡妝！」

更扯的是，喬治王拿起紙張朝小莎狂搧：「而且，我對香水過敏。」

小莎用力跺腳：「沒禮貌，我沒用什麼香水啦！」更沒禮貌的是，看完她就這樣當沒事！

喬治王邪佞一笑：「那我對粉過敏。」

小莎整個被炸到內心震盪，從來沒有男人敢對她這樣！

病例櫃另一端的緹娜早就去忙別的了，沒看到小莎全身微微顫抖。

這是小莎生平第一次棋逢敵手，前面多少人勸過警告過，遇到這個大魔王最好小心，都沒用！

‡　‡

她雙腳站著沒錯，但心已經栽下去了。

而苦命的緹娜跟之之，實習值班就是完全不同的光景。

之之是立志要拿書卷獎的，衝第一、熬最久的都是她。實習到兒科時，還自告奮勇要幫全科做的喉頭拭子（Throat swab）。就是用壓舌板強壓住小孩的後舌根，然後用棉棒抹取後咽黏膜、檢驗特別病菌感染的苦差事。雖然看起來只是「挖喉嚨」，但要正確迅速，不能抹錯位置。有些小孩傻傻的還不懂，嘴巴開開、才愣了一秒就被挖喉嚨、然後瞬間乾嘔爆哭，畢竟後咽會刺激嘔吐反射嘛！

糟糕的是那種已經有經驗了，一看到伸出壓舌板就死命緊咬牙關，大人怎麼勸說、壓臉頰，就是完全不鬆口！那之之就頭大了，她得想盡辦法一邊安撫家長、一邊制伏小孩。

偏偏，安撫家長和制伏小孩這兩件事，完全相牴觸！

制伏小孩需要完全扣住四肢、捏緊小孩鼻子，趁其不得不張口換氣時趕快挖喉嚨。之之後來在動物星球頻道看見獸醫也是這樣幫動物檢查，超想哭的！

好的家長會全程在旁邊陪伴、幫忙，要是遇上容易崩潰的家長，罵之之不說，還可能恐嚇要爆料……總之是件苦差事！

就在這飛沫與淚水狂飆、咒罵與哭號飛揚的環境中，之之被感染了水痘。

「有夠衰！」之之癱在宿舍床上流淚。

緹娜又想笑又想虧她。「水痘不是小孩子在得的嗎？」

「我哪知道我小時候沒得過啊！」之之大哭。

其實之之隱約有想起她那控制欲強大的母親，為了讓她不得到這些傳染病，在她就讀的國小全班流行期間，讓她請了長假關在家裡。

唉！本來打算兒科實習時打個水痘疫苗，怎知還沒打就中鏢了。成年人得水痘，症狀會更嚴重，她除了全身小紅疹奇癢難耐，還無比疼痛，又累又難受，查了一下，不但可能變成腦部其他神經病變，最好還要居家隔離。

她的實習怎麼辦啊！

同宿舍的緹娜保持距離她半徑一公尺，圓弧狀隔一個隱形結界在收拾自己的行李，一邊安慰：「好啦，妳就安心在宿舍休息吧！我搬去值班室住，雖然我小時候已經打過疫苗，但也怕傳染，兒科那邊我去幫妳請假。」

之之軟綿綿的回答：「兒科總醫師已經叫我不用去了，怕我交叉感染。」

緹娜搖搖頭：「人家書上說成年人是免疫力過低才容易感染，妳看妳壓力多大！大到身體都受影響了，真的太可怕了！果然都說兒科是最毒的，每個小孩都是一隻隻病毒擴大數千數萬倍的培養皿，一點都沒錯！」

之之不語，才到口邊的話又吞了回去，她該說出自己最大的壓力來源其實來自她母親嗎？手機又傳來母親的奪命連環簡訊，她講不出口。

緹娜退出房間後，之之被制約般拿起手機、打開畫面，先滑開遊戲APP——連遊戲帳號她都跟媽媽共用，反射性會先看一下農場採收進度，再去回覆簡訊，已經是幾年下來的習慣了。

很怪很詭異她知道，可是，她沒辦法。

她的一切沒辦法就這樣壓抑，再壓抑，直到身體垮掉。

緹娜呢，正逢她小小腦袋所能理解世界的極限邊緣。

‡ ‡

「要怎樣才能變得有女人味？」

阿鬼一聽噴飯。休息時間在餐廳巧遇，邊聊值班心得時，緹娜突然發問。

「拜託，你沒看小莎，值班時多那個啊！學長來～學長去的，問問題不只問病情的、學術的，還問『那學長你呢，你的興趣是啥？』、『哇！學長你好厲害唷』、『真的嗎？太有趣了！』」緹娜邊說邊學給阿鬼看。

阿鬼笑到捧腹。「妳不走那個路線的啦，這樣自自然然的就好啊！」

緹娜揉揉鼻子，完全沒在聽：「嗯，要多打扮、穿淑女點的衣服對吧？嗯嗯……」

阿鬼嘆氣，拍拍緹娜的頭，引她一陣抗議：「不要拍頭，拍頭會變笨！」

緹娜沒講的是，跟學長們混熟就可以拿到比較多考古題……是這樣嗎？該不會連小莎突然說要跟著搶皮膚科，也是因為有人罩？

她這樣問小莎，但小莎笑笑，沒正面回答，進入臨床後更覺得念書吃力的緹娜很無奈。每次值班總是汗流浹背，沒辦法，她總是那麼衰，遇到要CPR的；不然就是一直call她各種神奇大小事，沒辦法，她就真的什麼狗屁倒灶都會遇到；雙手保護限制的插管病人鼻胃管會滑掉、給藥在小紙杯的病人會順手把泡在藥水中的隱形眼鏡吞掉卡在食道、陪同家屬切蘋果水果刀會滑下來刺中腳……明明大家都有一本實習醫師生存手冊，照上面歷屆學長姐的筆記，舊能處理八成值班問題，順利存活下來，偏偏緹娜遇到的都很誇張，手冊上根本沒有！

幾個月下來，更覺自己面目可憎！

緹娜決定要扭轉這樣的頹勢——她要改變！

首先，就是值班時要維持良好形象出場，像小莎一樣。這幾天緹娜窩在值班室的時間變長，多了觀察小莎的機會，發現小莎真的很猛，帶妝值班都完全不見妝糊掉。

可是，沒上妝習慣的緹娜怎麼辦？那就……至少不要值班時髒兮兮吧！

說來可怕，值班時整個日常生活習慣會完全被打亂，吃飯吃到一半被call？便當放下趕快衝！大便拉到一半？夾斷趕快衝！幾次下來，緹娜都覺得自己胃潰瘍了，最後乾脆連澡都不洗，養成值班時就一路髒到底的習慣。

這個見不得人的祕密她不好意思問，也是偷偷觀察小莎，說也奇怪，女王果然強運，小莎每次照樣洗她的貴妃浴、在浴室摸很久，手機都安安靜靜不會響！

好吧，那緹娜也來試試！

某次值班，她邊忙邊觀察了很久，總算找到個空檔，照理病房事情應該處理到一段落了，應該，可以，洗澡了吧?!

她被迫害妄想症般的拿起手機再三確認，是真的安靜還是她幻聽，確認後用最快速度正要開洗，頭髮泡沫抹到一半、水還沒沖呢……電話就來了！

緹娜窘迫萬分的接起電話，手上的泡沫還深怕弄髒手機：「醫師！病人CPR！」

靠……有沒有那麼巧啊！

緹娜慌得不知要先擦乾頭髮好還是先披上衣服好，十萬火急之下，只好頭髮隨便抹一抹，穿上值班服就衝出去！果真聽到急救代號廣播999！跑到護理站時，髮梢都還滴著水咧！

阿鬼在隔壁護理站聽到廣播也跑來幫忙，看到緹娜的瞬間，差點噴笑！緹娜整頭全濕，鬢角還有泡沫！

緹娜瞪了他一眼，連忙開始幫病人壓胸，髮梢還隨之晃動，水珠亂甩！

真是夠了！

好不容易急救完、病人轉去加護病房，緹娜氣呼呼地甩下阿鬼，到另一間護理站把積欠的事情處理完，又看到小莎跟喬治王在那邊眉來眼去。

吼，怎麼差那麼多！明明都是女實習醫師，怎麼人家上演的就是美國影集《實習醫師（Grey's Anatomy）》真實版，三兩下就跟男主治進入瓊瑤模式，她就只能滿頭濕髮滴到上半身全濕，狼狽得半死！

緹娜發現，自己似乎遭受某種詛咒，只要她試圖努力穿著打扮漂亮一點，醫院就會發生急救啦、路倒啦、她必須瞬間化身藍波的事件。比方說難得穿上小洋裝，雀躍飛揚的裙擺，心情正高興時——「學妹，前面那床病人現在crush down，我們需要人力壓制，快來！」下一瞬間，她就已經成為人肉剪刀腳或十字架的一部分，小短裙飛到整個內褲外露，畫面必須打馬賽克；不然就是她試著鼓舞自己，穿上可愛小碎花鞋，結果就被病人吐血，噴到整雙變色……

「為什麼！為什麼我就是只能男人婆裝扮啊?!」她怒吼。

阿鬼說：「穿值班服配布鞋很舒服啊，有什麼不好？」他看看自己，也是一樣打扮。

緹娜怒回：「不好！就是因為這樣，我才都沒有豔遇啊！」

阿鬼說：「妳不用什麼豔遇啦，那些學長都豬哥！」

緹娜才沒有在聽，她決定了！這是最後一次振作，她要穿上決戰服——很久以前，小莎跟之之拎著她去逛街時買的白色滾邊黑紗百褶裙小洋裝！

那天，剛好是心臟科大頭朗主任帶全科人員大查房的日子，不只為了留下好印象，大家都嚴陣以待，畢竟主任會決定將來面試的生殺大權。

朗主任查房有一定的SOP，首先，要把所有病房的每一本病歷都整理到推車上，沿路跟著，只要主任有需要，就要立刻翻出要查的那項資料；資深住院醫師們都準備了長長的小抄拚命默背，要把每筆數據都記起來，比賽秒達；其他這些young不拉機、病名沒記住兩個的實習醫師呢，就站好最後面的位置，整個隊伍數十個人就像舞龍隊一樣，前頭擠進了病房，後面還有一半晾在外頭，大家發呆、抖腿、偷瞄隔壁間的電視，但沒人敢私下講話，因為朗主任脾氣可差了！有時候一問到答案不對，鐵皮病例拿起來就一甩！推車用腳就一踹！鐵板亂撞、紙張紛飛，這時候，就要由「青草茶小天使」來鎮定消火。

青草茶小天使，通常由實習醫師中的女醫學生，端著味X牌青草茶，在這時候跳出來端給主任潤喉消暑。前幾屆學長在交班時煞有其事地比畫著：「端茶時要有一定手勢唷！右手三個指尖捏住茶罐瓶身，另外左手掌抵住瓶底。」大家雖不解，但也一脈承襲下來，「因為這樣才能減少手的接觸面積，不可以直接整個手掌握住瓶身，茶才不會被加熱啊，懂？」

喔，原來如此！實習醫生們點頭如搗蒜。

緹娜這天就是要當青草茶小天使！她超難得的穿上高跟鞋和正式戰服，告訴自己「OK的、OK的」，蹬著扣囉、扣囉的鞋聲出現在護理站，那天她還上了妝！

果然，大家眼睛都看直了！

緹娜心情振奮，彷彿走伸展臺一樣扣囉、扣囉，轉個彎，扣囉、扣囉，握好青草茶，今天我！很！不一樣！

就快要走進護理站時……嘩——嘭！

她腳一滑，摔了個狗吃屎！

原來醫院地板剛打完蠟，液態蠟還未乾半滑，她穿著本就不熟悉的高跟鞋，一個摩擦力不足，不只摔倒在眾人面前，手上的青草茶還整罐飛出去，連醫院公務用手機都應聲摔進打蠟桶內！

大家一陣驚呼，衝出去搶救那罐青草茶，緹娜撐起跌痛的屁股起身，從打蠟桶撈出手機，看到上面所有孔洞都被蠟封住，心中幹聲連連……

半天震驚後，朗主任緩緩開口：「學妹，我們查房速度很慢，不用衝。」

她只能脹紅了臉，一整個超想死……

手機送修時，維修人員驚訝得說不出話來，手機每個有孔有縫的地方都被蠟封住了。

緹娜羞到整個快鑽進地板，從那之後，緹娜再也沒做過刻意打扮了，小洋裝就此

成為絕響XD

沒辦法，身體整個不習慣啊那彆扭！

凝視深淵

與怪物戰鬥的人，應該小心自己不要成為怪物。當你凝視深淵時，深淵也在凝視你。——尼采〈善惡的彼岸〉

緹娜跟之之並肩走出研究室，校園裡綠蔭扶疏，吹著徐徐的風，陽光好溫柔。身上一片和煦，卻只感受到從腳底冒起的寒意，以及陣陣雞皮疙瘩。

緹娜發著抖，之之臉色鐵青，雙手交握不斷摩擦上臂。

本來也邀了小莎一起，但她臨時說有事。有事、有事、有事，到底是有什麼事？每次都這樣講……唉，算了！

緹娜發抖著開口：「怎麼會有這種事……不該有這麼可怕的事……我覺得好噁心，非常不舒服，這比上大體解剖還要難受太多了！」講著講著，忍不住哭了起來，抽動著肩膀開始放聲大哭。

之之有點尷尬又無奈的避開周圍眼光，陪著緹娜。

他們剛結束醫院要求的選修研究「高階論文」課程，身為法醫學小老師的緹娜，找了法醫學教授指導，特地從警X大學研究室蒐集到需要的資料。

建議搭配音樂

YONDERBOI・〈Before you snap〉

緹娜號啕著：「那種事情不該發生的！到底多有病啊！為什麼？怎麼會?!那是從地獄來的惡魔才幹得出來啊！」

一開始，緹娜興沖沖的押著之之駕車，特地跑到這偏僻的大學找教授。

教授遲疑的問：「妳說妳們醫學院要寫論文，需要這方面的資料，確定嗎？」

緹娜翻出背包裡《破案神探：FBI首位犯罪剖繪專家緝兇檔案》、《暗黑之旅》、《世紀大擒兇》等書，說：「老師，我上了你一學期的法醫學，我自己也對這個非常有興趣。」

教授瞄了一眼，嘆口氣：「又是這些書，很多人以為犯罪學像電視劇，其實完全誤會了，妳也好歹看些少女一點的書吧！而且，書裡寫的跟實際情況差很多很多……」

緹娜說：「沒關係，我就是想要來學習的。」

教授說：「妳確定已經做好心理準備？真有興趣？還是乾脆妳以後走法醫算了，法醫福利不錯喔，只不過人數少，有時候半夜會接到輪班通知。」

緹娜正色道：「我會認真考慮的。」

之之在旁邊一臉無奈，半推半就的跟著一起進入資料室。

緹娜以前在宿舍時就常翻閱一些書封面黑黑的小說，像什麼愛倫坡、福爾摩斯啦、《沉默的羔羊》、《神探李昌鈺》等，已經夠怪了。這學期大夥被告知要自己找論文題目，只好紛紛找一些臨床科別的老師抱佛腳，像小莎就立刻向熟識的內科學長撒嬌，討到一篇快寫完的論文，輕鬆交差。

之之毫無疑問，跟著心目中第一志願科別「五官科」老師，老老實實的進實驗室，從基礎的DNA、RNA開始跑電泳。

小莎心想：那要多少時間啊拜託……

但不管怎樣，都比緹娜這超跳tone的研究題目好太多了——

〈論臺灣有無連續殺人犯案之可能〉。

早知當初就不要因為緹娜隨口說：「聽說警大的制服男同學很多又很帥唷！」就傻傻答應一起來，搞得現在騎虎難下！

資料室裡，緹娜發問，教授邊講邊把一個個文件箱搬下櫃子。

緹娜說：「教授，我預想的主題是研究臺灣有沒有連續殺人犯。」

教授抬起一邊眉毛：「如果妳講的是嚴格定義上的連環殺手，一個或多個殺手把受害者一個又一個殺害，多數是謀殺。在現代城市中也可能是精神疾病發作，或對目標人性物化，愛操縱目標人物的生命，但所謂的『連續殺人犯』，目前沒有。」

緹娜問：「我知道，所以我想研究為何沒有？或者說，什麼樣的社會環境會造成有？」

教授想了想，拍拍紙箱：「這個題目太大了，不如這樣，妳剛剛翻出來的那幾本書，我這邊都有教材配合的照片跟原文初版，書上還有作者簽名呢，畢竟全臺灣我們是專門做這方面研究的，翻譯都有先來找過我，妳先看看如何？」

緹娜躍躍欲試，之之嘆了口氣，這下得花大半天時間了。

緹娜從小是偵探書迷，醉心於書內描寫所謂「犯罪剖繪專家」，那種只需看過案發現場跟證據，就能沉穩說出：「兇手是白種男性，二十到三十歲間，跟母親同住，左撇子，膝蓋曾經開過刀。」這類神奇話語，宛如現代福爾摩斯，一直讓緹娜感到神奇又厲害！

緹娜翻閱著一張張照片，書中事件都年代久遠，因此都是黑白照，很多都有收錄在書裡了，她邊看邊複習，摸摸她所崇拜的作者簽名痕跡，略感失望。

中餐休息時間，之之問：「妳下午還要進資料室嗎？」

緹娜點頭：「對，老師說有犯罪現場的真實資料，我想去看。」

之之搖搖頭：「那妳自己去好了，我沒興趣，我在校園裡晃晃，晚點再來找妳。」

其實，之之內心快要被瀕臨極限的壓力壓迫得待不下去了。暴力、虐待，不只是明顯的肉體欺壓，還有情緒上的恐懼，都讓她冷汗直冒，想到自己家中的狀況……不能再想下去了。

‡ ‡

下午，緹娜再次找上教授，這次教授一臉凝重：「接下來妳要看的資料，都是近幾年的社會案件，有特別申請過，才讓妳以研究為名翻閱。我必須說，這對新手來說會是很大的衝擊。」

緹娜正色點頭，自己上過一整學年的大體解剖跟神經解剖，她信心十足。又帶有那麼一絲絲不應該有的……好奇，獨自打開資料盒。

直到她被滿桌的照片擊垮。

充滿惡意的生前凌虐、施暴者對於他人疼痛恐懼的無感，甚至病態折磨、斷肢、殘臂、恐懼、鮮血的紅。這個部位本該跟那個部位相連的、卻不成人形的骨骸，生前本應是個健康成人、怎麼下得了手、怎麼會這樣……「人格違常」、「精神分裂」、「無病識感」、「低社經階層」、「疾患」、「低性衝動」等字眼盤旋，緹娜打開了不該打開的潘朵拉盒子，從照片傳到指尖的滿滿潰堤，沿著手臂爬上全身，揪住了胃，幾欲作嘔。

最後一根稻草，是一捲虐童致死的錄影帶。

緹娜奪門而出，耳邊迴盪著淒厲的尖叫哭吼，那是怎麼掩耳都無法甩掉，直指人心，撕裂最後一絲信念，來自地獄的聲音。

在門外樹下乘涼的之之，撞見一臉慘白衝出來的緹娜。

緹娜發著抖：「怎麼會有這種事……不該有這麼可怕的事……我覺得好噁心，非常不舒服，這比上大體解剖難受太多了！那種事情不該被發生的！到底是多有病，為什麼……怎麼會！那是從地獄來的惡魔才幹得出來的啊！」

之之順口問：「真的那麼可怕嗎？要不然我也看看……」

緹娜突然大吼的扯住她：「不行！不可以！」

之之心想，真是自找罪受，不管是自己或選這種鬼題目研究的緹娜。要說起家庭暴力、情緒勒索，之之媽一直都這樣對待之之，沒有停止過。她把自己的心放入鐵盒，完全不表露出來。

離去後，緹娜乖乖更改了論文題目，改寫醫院的臨床報告。她深受那次惡夢般的殘忍影像所苦，將近半年時間，走在街上都充滿恐懼。看到胖軟小孩用嫩手牽著媽媽走過；看到青年騎腳踏車呼嘯而過；看到穿著套裝的ＯＬ蹬著高跟鞋趕路……她都會浮現那些受害者們在照片中的狀態。

Before，After……

緹娜沒有一刻不感到恐懼，眼前所有看似正常卻一夕毀滅的錯亂，讓她想起心理側寫神作《破案之神》裡的一段：「想像自己是獵人。這是我必須做的事。想想有這樣一部大自然影片，非洲草原上，一頭獅子看到水池邊有一大群羚羊，我們從獅子的眼神可以看出，牠正鎖定幾千隻羚羊中的一隻，牠已經訓練自己能夠感覺出獵物的弱點、致命傷。對兇手們也是如此。

「我若是他們的一份子，就會每天搜索，尋找下手的對象、機會，比方說，我正在內有幾千人的商場，我進去電動玩具店，一眼望去有五十幾個小孩，我必須當個獵人，必須是側寫員，必須搞清楚可以下手的對象，必須搞清楚哪個小孩最容易攻擊……」

緹娜回想跟教授道歉要更改題目時，教授語重心長說的話：「妳不知道貿然翻閱這些照片的殺傷力有多大，不只是妳內心堅定的部分會動搖，從此之後，妳看外界的想法都會被植入這些惡念的種子，要很用力才能把它根除。我們的專員受訓得花多少時間做心理建設，才能觸及這些課程，更別說想帶朋友來，難不成還開團？這是多麼毀三觀的東西，根本不是給妳這樣好玩分享的，好奇心害死一堆貓啊！說的就是你們這種不負責任的觀賞者，事後才裝無辜說自己不是故意的。有想過為什麼這些東西要被封印起來？萬一散布開來，對心靈脆弱者跟整個社會會是多大的衝擊？妳好好想想。」

緹娜羞愧得抬不起頭，內心滿是懊悔，以及對自己無知的自責。她現在甚至對人的肢體都產生厭惡感……怎麼辦，這樣還有辦法選外科嗎？但，後悔也來不及了。

有些來自地獄，由暗黑深淵投射的凝視，不該被等閒視之，甚至當成隨意轉載的分享內容。

當你凝視深淵時，深淵也在凝視你。

‡ ‡

另外一邊，小莎就是真的有「事」了。

她在人行道不停抖動雙腳、避免被蚊子咬，畢竟夜黑了，她已經等了一個小時。想著想著，她笑了出來，在這深夜的人行道樹叢裡，她居然還笑得出來。

她現在整個重心早已脫離了醫院臨床訓練，此刻更是上演著八點檔鬼扯連續劇。緹娜跟之之不知道在幹麼？很久沒聯絡了，如果此刻知道她竟然在幹這種事，一定又是一頓罵吧。

她在**抓姦**。

從喬治王動手後，一切都變了調。男方完全放棄掩飾自己在外頭又交了第二個第三個第N個女友，開始對她的來電愛接不接。流言迅速甚囂塵上，說她倒貼的、說她死纏爛打的，醫院之間，傳這些總是特別快。

她恨、氣到內心都感覺到怒火在燒，當初喬治王為了搏她一笑而餵養的各種話語，如今才知只是話術，更糟的是，眾人的警告歷歷在目，她卻義無反顧，到這地步，她更不能、也不願認輸——至少，我是喬治王帶回家給準婆婆鑑賞核可過的！

當時喬治王隨口說：「到我老家坐坐、吃個飯。」

小莎頭頂的警示燈立刻鈴聲大作！

這代表了要見準公婆！這代表了核可！代表了認定！代表的太多太多！

小莎做足準備，包裝禮物，帶上伴手禮，還打聽還有哪個姐姐姐夫弟弟也是同行，連家裡養什麼狗都問遍了。見面當天，她乖巧僵笑到臉都抽筋，聊什麼話題都打起精神，好像聽得津津有味，儘管她家境優渥，根本不關注財經議題，沒有宗教信仰的她心靈富足，絲毫不想接觸不被認同的旁門左道，更別說勢利的準婆婆喬治媽一看到女醫師，整個眼神都亮了，連婚後在老家哪裡買個店面讓她開診所都提出來了。

嘿，我婚後的事是妳決定的嗎？而且，該不會只要是女醫師，誰都好吧？小莎心想，僵笑著。

然而也是因為那次聚會，喬治媽照三餐打電話來報備買了什麼好東西、包了哪間衣服包包品牌店的貨、要她再回去坐坐、多走走。

小莎掛上電話，納悶著準婆婆是怎麼要到她醫院的公務手機號碼，卻也更篤定，喬治王是妥妥的走不了了！

她又不是沒搞掉過喬治王的前一任，甚至都訂婚了呢，那又怎樣？就算真的哭說懷孕了，她也不怕！

「愛情裡，不被愛的才是第三者！」她再次用這句話催眠自己。

她不會讓喬治王以為這樣就能順利偷雞摸狗！護理站裡早就布滿眼線，一接到通知：「喬治王又邀某妹去吃飯了。」她就會立刻衝出房間，跳上機車，守在停車場出口。

上次她開車要追，結果目標太明顯，一下就破功，喬治王打來破口大罵，又掉頭回醫院。這次用機車，夠鑽、能閃，看你能跑去哪？

那熟悉的頭燈果然出現，小莎一看到，機車油門一催，差點直接一頭撞上！她忍著在後頭彎彎曲曲繞著騎，雙手氣到發麻，僵直的關節泛白，趁著停紅燈時在路邊傳了若無其事的簡訊給喬治王：「你在幹麼？」

喬治王已讀許久後，才終於回訊：「醫院臨時有事，要開刀。」

小莎恨恨的看著前方車內的影子，明顯兩個人正打得火熱，她再問：「是嗎？可是我查過，醫院晚上你們科沒有急診刀了耶！」

喬治王索性關機。

前方綠燈一亮，車子油門催下狂飆！小莎緊追在後，她騎車迎著風聲，忍不住尖叫——**騙子！騙子！騙子！**

當車子停在湖畔景觀餐廳時，小莎也跑到落地窗外能直視裡面的人行道上，手機捏到快要變形，機車鑰匙急到忘了拔，最誇張的是她低頭才注意到，自己竟然還穿著室內拖鞋！當時一接到消息，急到連鞋子都忘了換就衝出門！

她顧不了那麼多！人行道下，僵住的腳交換著重心站立、邊躲避蚊子的攻擊，她忌妒的眼光如火，幾乎要燒破眼前的玻璃了，因為她看到，喬治王正對著那不知哪裡來的妹微笑！

那是她的微笑！那曾是她深陷無法自拔的專屬！

想著想著，她哭了出來，在深夜的人行道樹叢下。

她已被黑夜吞入深淵。

她呢喃著：「愛情裡，不被愛的才是第三者……」可是她忘了，如果連自己都不愛自己了，就已經完全，不算是在，愛情裡了。

今晚，又有多少顆心，被深淵給吞噬……

鹿死誰手

緹娜、之之與小莎正式決裂！

懷揣各自的心事，這些曾經的好姐妹也終究走不過這一關。

小莎強撐著跟喬治王的關係，藉這層關係收集到很多學期考題題庫，甚至裡面還有前幾屆學長陸續整理的解題，此題出處在內科教科書哪一本哪一頁第幾行、類似應用的題型還有哪些等，是非常寶貴的資料，尤其對即將面對國考的她們，重要性如同考機車駕照筆試前的那本小書。

之前幾屆的資料都分散了，小莎手上有近五年的全部整理，大家自然希望能資源共享。但小莎跟喬治王交往後，性格大變，再也不是之前那好笑好聊天的性子，她掌握著生殺大權，面對同學的苦苦哀求，不是分批給、就是藉故說資料提供者有規定不得外流（其實大家都心知肚明是從喬治王那邊來的），惹得眾人議論紛紛。

小莎正困在一個非常痛苦的尷尬點上，有苦無處說。喬治王已經不知第幾次對她動粗，嚴重到她甚至害怕與之獨處，但扭曲壓抑的思想，斷絕孤立的人際關係，反讓她沒有求救的念頭，她甚至不知道自己該求救！考題什麼的，根本不是她此刻在乎的重點。

建議搭配音樂

泰勒絲（Taylor Swift）・〈Look What You Made Me Do〉

她只覺得痛苦、動輒得咎，連喬治媽對她的關心都變成喬治王嘲諷的藉口；她被喬治王要求參加公開露面活動，微笑行禮如儀，維持互動良好的形象，卻在回程的車上被扯髮搧臉咒罵。那些紅腫，隔天進醫院上班全程戴口罩還勉強能遮住，但是她幾乎已經無心關注臨床的課業了。

反正喬治王說了，她之後想走哪科，他說了算！

她只能忍，即使全身每一個細胞都痛苦得在尖叫，但她整個人寂靜無聲。

跟她要考題資料？開玩笑！搞不好之後還能賣給出版社賺版稅，哪能說給就給！

緹娜率先爆炸：「小莎，妳不要太過分！題目解題也不是妳一個人的，那是前幾屆學長姐一起努力的資料。」

之之在一旁想幫忙排解，卻被兩邊的火氣逼退。

小莎淡淡回嘴：「那妳去找學長姐要啊，怎麼？妳這男人婆不是想進外科，又怕太累？」

一句話刺傷緹娜兩次！

男人婆！一次！之前緹娜試著練習女性化路線大失敗，就已經被笑很久了！

怕太累！第二次！

怒啊！

這就要說到，進外科同組實習的緹娜跟小視，竟然發起了「勞權運動」！

在醫學院時代跟系主任璀鳳結下樑子的小視，在醫學系退學未果，沒想到進醫院實習倒也乖乖的，沒捅什麼大婁子。然而就在小視跟緹娜閒來無事拿薪資單聊天時，意外發現他們實習醫師的薪水無端被扣！

天啊！實習醫師拿28K或30K的基本底薪，已經夠少了，爆肝、熬夜、燃燒生命，拿到自己薪水時都忍不住流淚，想著只要熬幾年成為住院醫師後就會好一點，再忍忍……結果進了外科，一比較在其他科別的薪水，竟然還減少了？明明就更累啊！

他們衝去找祕書、找醫教會，得到的回覆是「大環境問題、共體時艱、外科值班人力短缺，所以值班時數使用某種神祕的算法後」，減薪是必然。

只有外科嗎？是。

以後會調回來嗎？不會。

為什麼事前沒講？請在Intern幹譙大會——喔不、實習結束研討會上反應。

蛤？

小視一臉不敢置信：「所以我們現在反應卻沒辦法馬上調整，要等之後反應完，可能下個梯次或不知道哪一屆，才會調整回來？」

「是。」祕書一臉你能奈我何。

緹娜憤憤的走出來，決定了！就算在外科只有短短三個月，但薪水平白無故被砍就是不對！她要發起活動來表達不公！

小莎訕笑：「妳該不會真的為了那三個月薪水，要去爆料？投訴？」

緹娜悶不吭聲，看來消息果然傳得很快。

之之轉頭看緹娜，有點擔心：「對啊，這樣會不會影響之後申請醫院啊？真有缺那幾個月薪水嗎？」

緹娜說：「等等，妳們現在是在檢討被害者嗎？妳們有想過等到輪妳們也來run外科時，過著更累更慘更像狗的生活，卻拿著比其他爽科還少的薪水，妳能接受嗎？更別說調薪前完全沒告知，說不定以後連薪水都不給了呢？」

其實小莎有聽過喬治王抱怨，說這個外科梯次的Intern在大會上抱怨外科過累，主任非常火大，只是目前不作聲罷了。

這次交談不歡而散，每個人都心頭沉重。

‡ ‡

小莎值班時遇到了奇怪案例，一個阿伯凌晨時在病房裡突然念念有詞、掙扎咆嘯！護理師要小莎過來看病人，也上報內科的學姐來處理。無奈學姐在別處忙，抽不開身，小莎依著電話指示給了各種助眠針劑後，完全不見效果，阿伯越吼越兇，像撞邪一般無法壓制！

學姐被不知道第幾次的電話煩到終於爆炸，狂吼：「妳講清楚病人到底是tremor、rigidity、bradykinesia哪種？」神經科光是用來描述肢體異常抖動就好幾種名詞。

「我……我不會講！」小莎慌了。

「妳錄影給我看，我等一下過去！」學姐吼道。

傳完影片後，學姐也衝到現場，一查前後用藥紀錄，竟然是輔助助眠的鎮定劑（Haldol）施打過多，造成EPS錐體外症候群：急性肌張力不全，發生位置多在眼部、舌頭、頸背部與四肢，因肌肉持續攣縮，症狀有眼球上吊、眼球歪斜、牙關緊閉、歪嘴、歪頭、舌頭外吐或捲曲。現在回頭來看都覺得好簡單啊，緊急的當下卻怎樣也想不透！

然而，就在全院晨會上，忙了一晚的小莎昏昏欲睡，難得也有讓她這麼累的值班。卻聽到緹娜舉手發問：「請問一下，現在為了保護病人個資，是不是所有病人的病況病情資料，不論任何形式記錄文字或影片的，外傳都要經過病人簽立同意書？」

主持的總醫師董哥愣了愣：「是，怎麼了嗎？」

緹娜眼光掃往小莎：「沒，只是想提醒一下，好像有人亂拍病人的影片，要小心喔。」

小莎氣炸了！原來學姐跟緹娜剛好在同個值班室，隨口抱怨了小莎，還剛好看到錄的影片。

那明明不是什麼外流影片，而且也是有人交代才做臨床紀錄的！說真的，如果要檢討，好，完全照流程來，先給病人或家屬簽同意書，再開始紀錄，病人同意再上傳……等到幾點啊？情況緊急啊！

她沒想到緹娜來陰的時，完全不顧情面，這下子她也不會客氣了！

‡　‡

小視、阿鬼與緹娜串聯，悄悄推動了一個「幫我們發聲」運動，既然照流程走院方置之不理，那就讓過度重視「服務品質」、「病患意見回饋」的院方收到他們最害怕的東西吧！

璀鳳主任雙手氣到發抖，不敢置信的看著桌上滿滿的「院長信箱」，都是在抗議的。在給院長前，他會全部先過目。

「請不要罔顧晚上值班實習醫師的權利。」

「聽說你們會砍實習醫師薪水還不事先公告？安捏母湯。」

「半夜起來先照顧我們的這些年輕實習醫師，難道不是你們將來的臨床主力？為什麼要虐待他們，請幫他們加薪加回來！」

璀鳳主任揉爛紙張，狂吼：「這怎麼回事？為什麼接連好幾篇病人投訴，在講我們最近砍實習醫師薪水的事？為什麼知道？你們有聽到什麼風聲嗎？」

旁邊的祕書跟幾個主治，包含喬治王都連忙搖頭。

原來，小視本來想開連署站讓路過民眾簽名，但緹娜一秒打槍：「你桌子剛擺出來，馬上就被醫院警衛撤掉了。」

阿鬼提議：「那就跟醫院借廣播來宣傳廣告一下……」

緹娜白了他一眼，真是沒救了。「我們也沒時間一一說明，不如就讓民眾來問吧！」怎麼問？那就是好好利用實習醫師最大主場的時刻，也就是半夜值班接新病人的時間啦！

這時候大老都下班了，護理站人員接新病人忙翻了，輪到實習醫師上場，一對一跟病人問病史、做簡單的臨床檢查，聽聽心肺摸摸肚皮、開藥單、確認主治交辦事項等，會有很長時間的一人秀。

這時，緹娜他們就把別針戴起來，上頭寫著：「你知道眼前的實習醫師被無故扣薪水嗎？」下頭一排小字「為維護你的就醫權益，歡迎詢問」。

就這樣，在大老們的眼皮子底下，超多民眾一看就好奇發問，聽完解說後紛紛表示願意幫忙，再順勢遞上一張「院長信箱」，造就主任桌上滿天飛的情況！

璀鳳主任氣到槌桌：「喬治王，你給我去查清楚，究竟背後是哪幾個學生在作怪！不想畢業了是不是?!這樣的人力配置完全符合評鑑規則！還有，當初想到挖出條文來砍Intern薪水的也是你，科經費不足又一直虧損，說什麼下個會期你負責主辦的國際學會不足，這樣資金會更優渥，你不要以為自己是什麼白蓮花啊！」

喬治王悻悻然點頭。

主辦這類學會果然吃力不討好，為了他將來的官運亨通只好先忍下來，沒想到那些討厭的Intern在扯後腿！我才不管自己有沒有跟其中的誰交往，這些學生才短短幾年都忍不了苦，將來還能為科裡做什麼？

喬治王的抱怨都傳到小莎那去了，她沒加入小視跟緹娜他們的策反計畫，因此被隔絕在決策圈外。雖然隱約有懷疑，但她也沒辦法直接踢爆當年好友，把名單供出來。一個梯次有近兩百多個Intern、來自至少五間學校，誰都有嫌疑。

然而串聯的行動沒有減緩，這是一間藏不住祕密的醫院，越來越多Intern私下表示認同，也加入了行列。之之某次在餐廳角落遇到緹娜。

「欸，聽說最近那個院長信箱幫實習醫師說話的活動，是妳辦的？」

緹娜大口吃飯：「沒啊，去查都說那真的是病人跟家屬自己寫的。」

之之納悶：「這麼衝的事，除了妳還有誰會做啊？」

緹娜揚一揚筷子：「重點不是衝或不衝，妳想，如果今天管理階層有循規定回應處理，我們需要去抗議這些嗎？」

之之瞪大眼：「所以真的是妳！天啊，聽說醫院在查了耶！」

緹娜聳肩：「不處理問題，卻處理提出問題的人，這是正確的嗎？我沒在怕啦，倒是妳，之之，」她正色道：「要加入嗎？妳站在哪邊？」

之之愣住。

緹娜暫且放過她：「妳再想想吧，今天如果每個實習醫師都可以被隨意對待，哪天會不會是住院醫師、甚至主治醫師？我們其實都在同一條船上，主治醫師認為Intern只是熬短短的一、兩年，就要我們把這些不合理吞下去，那就是媳婦熬成婆後、轉身虐待換腦袋的開始。再說，我以後如果不留在這間醫院沒關係，但我很可能會走外科，我不想進入這種會虐待人的環境。」

之之啞口無言。

‡ ‡

之之感受到了兩股勢力，一邊是緹娜，策動著大逆不道的活動，其實是因為她看到了自己的將來，悲慘已定，想要推動改變；另一邊是小莎，自從跟喬治王交往後，簡直就是有異性沒人性的代表，不只活動不參加，也開始用「主治醫師」的思考方式，挑剔他們這些還在實習醫師菜鳥階段打滾的同梯，更不用說之前不願意分享題庫的事，甚至聽說有可能……小莎要跟她競爭皮膚科的名額，會動用到喬治王那邊的人

建議搭配音樂
伊姬阿潔莉亞（Iggy Azalea）・〈Team〉

脈了，那之之哪比得過？

唉，都說醫院臨床工作壓力大，沒想到竟會分崩離析到如此！醫學生雖說智商壓輾平均值，但面對現實，長期處在競爭壓力下，人人都各懷鬼胎啊。

小莎決定不管三七二十一，先告密再說。她想，「是你們自己搞的，怨不得我！」Look What You Made Me Do! 看妳都逼我幹了些什麼！

緹娜又趁沒人看到、獨自要去夜間值班時別上了別針，她想：「不要怪我，小莎，就算妳男友是外科醫師又怎樣，我們這麼久的情誼，曾有的患難信任，妳到底還放不放在眼裡？」

Are you fuckin' with the team……?

之之兩邊都勸不動、攔不住，只能掩面看著悲劇一步步上演。

究竟會鹿死誰手呢？

喬治王大動作要查的那晚，已經先確認值班表上的名單是緹娜了，還有同區的阿鬼跟小視，似乎三個都是主謀。但小莎說得不清不楚，他不滿的甩掉手機，用力跺步走進夜晚的護理站。

突然看到不常見的他科主治出現，護理師紛紛詫異起身，喬治王沒多解釋，問了Intern接新病人的病房號，白袍一甩，幾乎用小跑步的衝過去。

此時緹娜正站在病床邊遞上院長信箱表單，接起手機一看是「不顯示號碼」打來，她才「喂」了一聲。

「快走！」話筒那端傳來悶悶的氣音。瞬間掛斷。

她還愣在原地，喬治王已經衝到7B12房，門用力一推——碰！

裡面所有人都一驚，正在接新病人的實習醫師也一驚，手上紙張已經來不及收了！

喬治王用力拉開第二床的床單——唰！

小視露齒而笑，一手握著手機、一手高舉滿滿的連署單後，亂撒紛飛，大喊：「投降！」

正在5B病房的緹娜這時已經收拾完表單，跑進護理站，邊緊張回call給阿鬼：「快，收一收，被抓到了！你那邊有沒有事？」跟阿鬼確認都沒事後，正要打給小視，就發現小視手機怎麼打都關機！

這是當時他們約定好的暗號，永遠不離身、永遠充飽電、永遠滿格的醫院手機，一旦有一方被抓到，為避免被其他人詢問關切的電話留下牽連，第一時間就關機！

緹娜全身如同巨大冰雕被敲毀，恐懼襲來，她不禁想起之前討論過，萬一被抓到，絕對是嚴懲！不只實習可能中斷，被踢回醫學院，甚至、萬一、如果這些大頭再有點手腕的話，整個學會都會封殺，可能當不了醫師了。

小蝦米戰大鯨魚什麼的，果然事情不是憨人想得那麼簡單！

她後悔到腸子都快缺血性壞死了！

抓到小視在策動抗議活動，著實出乎喬治王意料，震驚當下也忘了再去追查其他人，小視清楚完整的交代了全部細節，還秀出準備的別針，充滿從容就義的感覺。

喬治王本以為會抓到其他人的……算了，怎麼處置還不知道呢！最嚴重大概……記個過吧。

拎著小視來到璀鳳主任的辦公室，氣到牙癢癢的主任聽完整個計畫還有SOP，表情從咬牙變成目瞪口呆，本來主任的計畫是要逼這廝供出其他共犯，更不用說從白袍之夜，就對這個曾經頭毛染成七彩的怪咖學生印象之差！本以為進醫院他會被整很慘，想不到倒也循規蹈矩，一直抓不到把柄，總算天賜良機！

但人算不如天算，威脅利誘的話還沒說出口，小視率先開口。

「我自願退學。」

「蛤？」喬治王跟璀鳳主任驚訝得眨眨眼，還沒會意過來。

小視兩手一攤：「我自願退學，這種封建體制對我來講，現在不適合，未來更不會適合。」

喬治王急忙說：「等等，學弟你先不要衝動，我們只是關心問問……」

缺乏退場機制的醫學生訓練過程，有多少不適任、無抗壓性、憑一己信念硬是要挑戰超出自己能力的科別，這些醫學生都打死不退、像沾了褲腳的鬼針草甩都甩不掉，不可能說要退學。

結果今天，小視自己說要退學！

小視說：「老師、學長，你們放心，我已經跟家裡說好了，關於退學，他們也同意，畢竟是最懂我的家人。」

什麼？這更難理解了啊！臺灣多少家長心心念念的，就是把孩子硬塞進醫學系，當個醫師！那得意啊！那光榮啊！更別說從此金飯碗有了保障。

主任結結巴巴的，還要逞強：「你想好了嗎？退學之後，你可能連醫師都不能當了，要再回來都有困難……」

小視肯定的說：「我已經決定要去完成我的夢想，考上醫科只是證明我有這個能力，只要我有這能力，到哪都會成功的。拜託，讓其他實習醫師被減薪的都能加回來吧！」說完，他颯爽的鞠躬，轉身離開。

被洗臉到啞口無言的主任愣在原地。

喬治王追上前，問了最後一句：「所以，學弟你是要去哪？」

小視爽朗微笑：「我要去英國念文學！」

小視連夜收拾完離開，後面的退學手續也都趁沒太多人知道前就辦完了。

缇娜與阿鬼震撼到無以復加，事情沒有再繼續追查，當時那通氣音警告電話是誰打的？不重要了，鹿死誰手也不重要了，沒有人是真的贏家。

當大家刷簿子看到加回來的薪水，都開心的笑了。事前唱衰他們抗議活動的、擺明不看好還酸言酸語的所有實習醫師們，都被加薪回來了。

只有缇娜坐在湖畔步道的涼亭，看著對岸倒映的燈光的龐大醫學中心巨獸建築，倚著阿鬼，靜靜嘆氣著。

我可能不會選你

實習醫師當了大半年，越來越多老師跟學長會問這個問題，小莎、緹娜跟之之，聽了膽戰心驚。

「如何？要選哪科？」

要說這是白色巨塔版的宮鬥劇，一點也不為過！

對那些聲勢大好、數十人競爭、只取一、兩人的小科目，競爭更是白熱化到一個匪夷所思的程度。跟著教授查資料做報告寫論文不說，輸誠的年齡還下修到還沒實習、才大一大二的，就已經衝進醫院表明非汝不娶、非君不嫁，用力一扒開衣服背後還刻著「精忠報科」（並沒有）！

至於那些很慘烈的，谷底又谷底，谷到馬里亞納海溝那麼谷的科，通常是所謂會死人的科，就又上演另一種諜片攻防戰！

董哥學長問：「怎樣，有沒有誰想走外科？」

緹娜僵住，阿鬼傻笑，喔呵呵呵……

董哥嘆氣轉身，對石卜內學長說：「啊，我就說沒希望啦！這梯次已經過了一半，沒聽到半個想走外科的。」

建議搭配音樂
J Rabbit‧〈Happy Things〉

消化外科的董哥跟神經外科的石卜內，哥倆好、一對寶，負責這梯次的intern orientation。

阿鬼坐在緹娜隔壁，用手肘拐了她一下，緹娜用腳在桌下狠狠回敬一腳！

阿鬼頓時慘叫：「啊！」吸引到兩位學長注意。

「咦？學弟，你有興趣嗎？太好啦，等一下留下來，我們幫你特訓。」兩人雙手如蒼蠅般猛搓揉，目露兇光圍上前，阿鬼只覺不妙。

果然，兩個學長搭肩包夾阿鬼，從早上開會完後就一直帶著阿鬼跑外科行程，說是要「讓學弟早點進入狀況」，讓阿鬼壓力超大XD

一天結束後，阿鬼跟緹娜約在員工餐廳吃飯，阿鬼累癱了。

「天呀，我連綁線都不會綁，學長竟然今天就讓我上table（手術臺）。」

緹娜大驚：「真假的？這麼好！我今天開完會後就沒事了，被主治派去查了一整天的病歷耶！」

阿鬼說：「有什麼好，我怕血怕肉怕體液，又一直在刀房裡搗亂，差點沒被砍死QQ」突然，他一拍桌：「對了，我想起來了！明明說想走外科的是妳耶！要不然我明天幫妳跟學長講好了。」

緹娜瞬間整隻縮小：「不要啦，我又還沒有確定……我可能不會選……唉呦也還不知道啦……」

原來，風聲放得太早，就怕造成大家既定的印象，萬一之後真的選擇不同科別，就尷尬了；又怕風聲放得不夠，大家已經把目光放在幾個已經明示暗示的人身上，又顯得自己格格不入。

選或不選，講或不講，都是兩難。

更不用說，之前緹娜他們那早夭的小小戰鬥，在她心裡留下了傷。

‡ ‡

阿鬼的外科技巧，第一個禮拜就被電到整個人臭輝搭❹，都是靠緹娜課後幫他惡補，從刀房借來一組練習器械，緹娜熟練的從穿無菌手套、裝刀片、使用持針器、手綁線或是器械綁線，一個個照順序教累到雙眼無神的阿鬼。

阿鬼超想哭的：「為什麼妳都會啊？」

緹娜皺眉：「我才覺得奇怪，為什麼你都不會啊？intern訓練時不是有上過嗎？」

阿鬼說：「可是，動手的這些那些（雙手亂比）我都很難上手，要講好幾次QQ」

才剛說完，右手的錯誤姿勢就被緹娜抓到：「右手大拇指不要伸進洞裡，這不是一般在用的剪刀！你看，拇指放進去就沒辦法旋轉了。」就跟魔術師的手部細節動作都有其道理一樣，外科醫師的手動作也都是有原理的。

阿鬼愣愣看著緹娜：「妳連這個都知道，我真的覺得妳不走外科太可惜了。」

緹娜彈起，揪住阿鬼的領子用力搖晃：「叫你不要講惹！我可能不可能不知道會不會選外科啦吼！」

適逢外科春酒，新進住院醫師要負責彩衣娛親，這次多了「據說將來要走我們外科」的阿鬼。因此身為康樂組的董哥傳話下來，阿鬼要負責其中一個表演，導致緹娜也被拖下水。

「只要跟著我帶動唱就好，拜託、拜託！」

看在表演可以拿紅包的份上，緹娜勉為其難的答應了，卻沒想到，這是她這輩子最懊悔的一次決定。

沒參加過外科春酒，不知道春酒可以這麼瘋！一堆壓力大的醫師護理師，徹底拋開包袱，各種走跳！還沒輪到表演，阿鬼就已經被拱上臺去參加「尿管喝啤酒比賽」。

(((゜Д゜;)))

是的，你沒有看錯，尿管。

平常拿來幫病人導尿，這次居然由外科部提供一堆無菌包，拆了就丟在舞臺上，董哥主持一聲令下，所有人連忙拿起來，對著桌上一桶桶啤酒狂吸猛吸！

雖然理智上知道無菌新包裝拆開的尿管，就跟全新塑膠管沒兩樣，但是當日常反射的既定印象嚴重衝擊時，那個違和、糾結、令人崩潰的難耐點，還是很需要用力去克服啊！

阿鬼邊搶到大尺寸、管徑粗的尿管，邊哀號：「我這輩子第一次一手拿尿管、另一手不是拿別人的GG啊！」

臺下各桌嘶吼聲、加油聲響徹雲霄，原來璀鳳主任加碼，獲勝者獎金翻倍！石卜

❹ 臺語，「焦掉」之意。

內跟阿鬼同隊，都快急死了，只差沒把阿鬼的頭按進桶子裡！看著隔壁隊伍的啤酒液面快速下降，阿鬼這邊死命狂吸卻紋風不動……難道尿管塞住了？

石卜內搶過來一看：「媽啦學弟，你吸錯邊了！不是從紅色端『注水處』這邊吸，這裡沒有跟前端相通出來啦！尿管會不會用啊！」

果然，最輸的一組XD

接受處罰！以為沒喝到酒就可以沒事了嗎?!

董哥發出黑山姥姥般的笑聲：「處罰就是把所有講臺上的啤酒喝完！」

在眾人起鬨之下，阿鬼也真的用力灌完了！

緹娜有點擔心：「你這樣等會還能演戲嗎？」

阿鬼雙腳一軟：「可以、可以，啊，下一組就我們了，妳也來！」他抓著緹娜衝到後臺，已經很多人在著裝準備了。阿鬼拿起筆就往自己跟緹娜的臉上畫：「我們就像萬聖節那樣，百鬼夜行知道吧？然後妳跟著我裝成殭屍，眼圈塗黑、臉塗白、吼一吼就好了！」

緹娜看看左右，還有人繃帶捆全身變成木乃伊，或用紅藥水潑灑整件護士服的鬼護士，想想自己的著裝還算簡單，不會太困難吧！

準備出場後，董哥真的頂著黑山姥姥的假髮（天啊居然還去租），在百鬼簇擁之下，拚命死纏璀鳳主任，原來主任身上藏有超多紅包，只要貼上扒上就有機會XD

阿鬼偷偷告訴緹娜：「聽說之前都擺明要女護理師去貼，直到這幾年護理師群起抗議，才讓董哥幫大家出氣。」

緹娜點點頭，看主任臉一陣紅一陣白，妖嬌魂上身的董哥完全沒在客氣，蹭到主任眼鏡都擠歪了，只得拿出紅包求饒。

結束回到後臺，阿鬼把紅包分給組員，緹娜正在卸妝，突然發出慘叫！

「啊！你給我用什麼畫臉啊?!」緹娜抓起桌上的一支筆，轉身瞪向阿鬼，臉上白粉已經擦掉，但黑眼圈依舊清晰。

「奇異筆啊～我在刀房隨便撿的，不是用什麼卸妝水還去光水就可以卸掉了嗎？」

緹娜氣呼呼衝上前，揮著手中的筆：「你給我看仔細，這是哪門子奇異筆！」

阿鬼歪頭一看，深紫色筆身加筆蓋，側邊寫著 Surgical skin marker pen。

「啊！」阿鬼也發出慘叫！

這不是一般奇異筆，而是外科專用、用來畫在皮膚上做標記的特殊筆，墨水會染進皮膚、附著在皮膚上至少三到四天，不管用酒精、清水或揮發性溶劑，都很難去除。

誰把這個筆帶來這邊的！

阿鬼大叫：「難怪我剛剛覺得這筆好好畫，顏色畫起來特別深！」

緹娜掐住他的脖子：「因為這就是這筆設計用來畫在皮膚上的特性！現在我卸不掉，你怎麼賠我，我明天早上要全院報告啊！」

隔天早上，緹娜頂著一臉用粉也蓋不住的濃純黑眼圈，在全院驚訝跟竊笑中，報告，完了。

下臺時，看到之之跟小莎在觀眾席中瞠目結舌。

「我，完惹。」緹娜超想死。

阿鬼安慰：「不會啦，妳報告得不錯啊！」阿鬼更嚴重，他的黑眼圈那時候塗得可用力的咧！

緹娜眼神死：「那我問你，我早上報告什麼，你有印象嗎？」

阿鬼眼神閃躲：「嗯……」

緹娜抱頭：「我就知道，你看！連你也不記得了，根本只記得我的黑眼圈吧！」

她抬頭看到阿鬼一整個死屍妝的黑眼圈，又氣……瞬間兩人又爆笑出來！

這次全院報告，會納入實習醫師的表現成績中，看來分數應該會低到，只能選外科了吧！

‡ ‡

三天後，在緹娜每天的洗臉、擦臉、去角質之下，黑眼圈總算變淡了。不過這幾天已經夠大家記住她了，像董哥都直接叫她熊貓妹！

熊貓妹這回與氣味相投、同樣都很直爽的人相處，外科團隊讓緹娜覺得相處很愉快，但是她依舊無法下定最後的決心。

直到那晚……

從加護病房轉到普通病房的病人，通常表示狀況穩定了，病況好轉，比較不需要密集的複雜處理。

結果那晚，緹娜值班非常不順，她值班區域的一個病人阿姨，車禍入院一週，先住進加護病房，肋骨斷了幾根，腹部檢查沒事，結果轉到病房後一直抱怨肚子痛。

緹娜一整晚就光接她那床的電話就飽了。

什麼樣的痛法？位置？加重因素？有沒有轉移到哪邊？完全照課本問了一圈後，緹娜發現之前在加護病房時已經有學長問過、也檢查過電腦斷層了，正想放棄，卻在這時多問了一句：「是車禍時就一直痛，還是上來病房後才突然痛？」

結果沒想到，阿姨在加護病房沒有這狀況，上病房後不知道是自己下床用力拐了一下還是下床沒坐穩，自己頓到床邊扶手，左側腰才開始悶悶的鈍痛起來。

緹娜心中警鈴大作，查了一下今天上頭值班的是董哥學長，電話打去還正在開急診刀浴血奮戰，背景音都是吸血水跟麻醉機的吵雜聲。

董哥大吼：「妳想排檢查就快排，我等會下刀過去！」說完瞬間掛斷電話。

緹娜一咬牙，決定了，半夜開急做腹部電腦斷層，她自己親手推阿姨進電腦斷層室，親眼看一張張切出來的電腦斷層，在掃到腹部的時候——BINGO！果然是脾臟撕裂傷！

她再次急call董哥學長，一邊聯絡病房要緊急備血做輸血、準備急刀！已經腹腔內出血到需要緊急開刀的程度了！

阿姨問：「怎麼今天才從加護病房轉出來，現在就說又要開刀轉回去？」

緹娜安撫：「那個……因為……有時候……」緹娜好懊惱自己解釋不出來。

終於眼巴巴的盼到董哥風風火火的趕來，口罩上還灑著消毒液，衝進護理站。

「哪一床？我來解釋！要開刀！快備刀！」接著轉身對病人肯定的說：「這有可能是遲發性的，真正原因還不確定，但出血已經確定，要緊急處理！」

房。

那種「交給我們專業的吧」的自信與氣魄，不容置疑！

董哥接過病人，經過緹娜身邊時說：「學妹，幹得好唷！」一群人又急忙衝進刀房。

看著那背影，在深夜時間，在接連著幾臺刀的時刻，只要一確認就不推諉，馬上接手處理。緹娜彷彿看到漫畫常用的表現手法，偌大石刻的字「砰咚」一聲掉落在學長那群人背後，寫的是「有為者應若是」。

從那之後，緹娜再沒有猶豫。

阿鬼又問：「欸，妳是不是已經確定了啊，選科？」

緹娜翻了個白眼：「幹麼跟你講。」

阿鬼說：「讓我知道啊，要是以後我不在，妳去那種學長太多的科，我要心理準備一下。」

緹娜狂揍：「準備個屁，不在個頭！你當我以後會選你唷！告訴你，我可能不會選你啦！」

家家有本難念的……

之之掛下電話，嘆氣。又得回家演連續劇了。

自從她考上醫科，遠離那個整條巷子只有一間芋圓攤販的小鎮後，她媽媽的躁鬱症就越來越失控。

單親媽與獨生女相依為命，她一直以達成母親所有期望為人生目標。考試考最高分，每組練習題寫三次，練到考古題看前面三個字跟哪一年度、哪高中出處，都能背出答案跟解法，一直到進了醫學系。

本來只專注眼前視野半徑一公尺內、專心念書桌上的書的她，突然發現世界之大，外務之多，她想飛起的身後，卻有一雙緊緊拉住不放的手。

之之媽說：「妳新生報到，我去幫妳整理吧。」

之之回：「不用啦，宿舍裡的東西幾乎都有了。」

之之媽說：「妳哪會處理那些，我去幫妳還不感激？而且記得，我去那邊時妳要叫我姐姐，不是媽媽，這樣我遇到小鮮肉，才有機會搭訕。」

之之嘆氣，不知道哪來的偏執念頭，媽媽堅持要維持她的身價，只要兩人在外頭，就要稱彼此為姐妹，不能叫媽。諸如此類的奇怪規定還很多：女兒不能穿得太花

建議搭配音樂
MIKA・〈Hurts〉

枝招展、不能笑得比她燦爛，之之一直以為是自己本來就長得不出色，不如當年少女時的母親。

在宿舍跟新室友緹娜打完招呼後，之之不小心脫口叫了媽媽，馬上被制止。等到放下超大彈簧床後離開，在電梯裡遇到其他家長在幫忙新生入住，之之朝一個幫忙開門的男士微笑道謝。

之之媽臉色馬上沉了下來。

上車後，排山倒海的負評迎面而來：「笑那麼三八」、「不知檢點」、「噁心」、「超難看」、「有妳這種女兒真丟臉」……之之不停道歉，又覺得受傷。這樣不是有禮貌嗎？她還不知道，身為一個長期被「情緒勒索」餵養大的女孩，究竟要怎麼看待自己。

母親以前不是這樣的。她們也有過陽光燦爛的歡笑時光，有過妙語如珠的幽默時刻。但隨著時間跟記憶消逝，這些閃亮片段就像陽光照射的晶亮水珠，飛濺在河水表面，最後只剩下慘白破裂的泡沫殘渣，虛幻得讓人不禁懷疑自己的記憶是否為真。

如果是真，話筒那端傳來一哭二鬧三上吊的嘶吼女聲、威脅把自己鎖在十樓高陽臺上，喚為母親的那位，為何如此憤怒、憎恨自己？只因為每件小事不如母親的意。

先是從手機共用帳號開始。

是的，之之跟母親曾經親密無間到臉書可以共用帳號，不只如此，手機遊戲也共用帳號，果園養成遊戲互相幫忙採收、計步比賽遊戲同組。

每天滑開手機，之之就會看到母親才剛採收完整個菜園，或是知道彼此今天走了多少步。

更不用說社群網站帳號了。大約中學起，之之媽就把從之之襁褓起幫忙創立的帳號，轉給之之使用。帳號當然加了很多從小看她著長大的叔伯阿姨做好友，而且密碼還是之之媽設定的。

「我的天啊，太可怕了吧！妳難道沒有自己的隱私？」緹娜大叫，完全不能接受。

之之不解：「不會啊，難道妳不是這樣？」

緹娜秒回：「當然不是！如果這樣，我第一秒就翻臉！妳都已經大學、成年了，妳的每個網路動態、生活紀錄，都被你媽掌控耶！」

之之說：「可是我們感情很好啊……」出門被誤認姐妹不是假的，從小每天帶慈母便當、大了共穿一條裙子，這難道不是感情好的象徵？

緹娜白眼：「拜託～感情好不是用侵犯隱私的方式好嗎？如果網路上有男生想跟妳聊天也要讓妳媽過目嗎？如果大家傳訊邀夜遊，也要妳媽同意嗎？」

之之頓時為之氣結。的確，不久前才為了夜遊太晚沒打電話報平安，挨了一頓痛罵：「不知檢點」、「沒家教」、「可恥」、「有妳這種女兒真丟臉」……她哭著在電話裡發下各種山盟海誓道歉，總算平息這一回合，心中隱隱覺得窒息，越來越悶。

然後，她封鎖了母親的帳號。

一路從大學新生到進醫院都小姑獨處的之之，雖然想交男朋友，但每次跟母親分享那些功敗垂成或馬前失蹄，從大南學長到噗攏共學長，母親都鄙夷的表示那些男的沒資格，或咒罵說男生之後會如何遭到報應。

之之納悶，為何總是如此負面呢？對於她交男友這件事，母親不只是不急，簡直是痛恨這個念頭了。之之無法從母親身上學到關於感情交往的部分，躁鬱症時好時壞的母親，自己的感情路也走得不順，但這不代表她沒有機會可以好好走自己的路啊。

而一切都在之之交了一個非醫學系男友的瞬間得到解答，也讓關係徹底崩毀。

「妳花了我這麼多錢、這麼多心力，找一個條件這麼差的幹麼?!」之之媽嘶吼的聲音從話筒傳來。

之之不可置信的說：「所以妳覺得我念醫學系，也理所當然要交醫師男友？」

之之媽連珠炮般的罵：「廢話！要不然我會被妳姨婆笑死！她女兒成績爛得要命都嫁給醫師，妳卻給我找個外系的！我也看不到妳動態、被妳封鎖，妳還是不是人啊！是姨媽跟我講才知道，妳居然跟那男的出遊打卡，我這當媽的都不知道，還要外人跟我講！我心好痛啊！妳是有那麼缺男人嗎?!」

之之腦袋轟然一響，不堪入耳的話語像刀刃般一下下刺向心裡，眼淚嘩然，她雙手顫抖到幾乎無力握住發燙的話筒，只能問出一句：「媽，妳為什麼這麼恨我？」

母親頓了頓，然後繼續一陣臭罵：「妳那什麼跟母親說話的態度？哪個媽媽不是為了自己孩子好，妳現在根本不懂，我是為妳著想……」

之之擠出最後一絲力量問：「如果我都沒人要，是要跟妳一樣獨自過一輩子嗎？」

電話傳來不知是咆哮還是尖叫大哭的吼聲，之之顫抖著，用力掛上話筒。

‡　‡

之之遇到的那個倒楣鬼「小蟲」，外校外系，交往三週就分手了。之之沒讓對方知道自己家裡的狀況。誰敢講啊，餘波盪漾的各種一哭二鬧三上吊，都讓她在每通電話打來時心驚肉跳。

拜託姨媽多關心獨自在家的媽媽，連姨媽都打來苦勸加教訓：「不懂事，晚輩讓長輩這麼難過不應該。」

醫院工作的公務手機，動不動就接到母親哭喊：「我現在在路邊，我就要去給車撞死，讓妳後悔！」

晨會在臺上報告，一不注意接起電話就是：「我究竟做錯了什麼，要妳這種女兒這樣對我，我這媽媽好失敗……」臺下教授跟學長姐目光如炬，等著她報告，她啞口無言，聽著手機僵在講臺上，聽另一邊傳來的各種惡意。

恐懼壓垮了之之，她卻鐵了心不主動回電，與其說是勇氣，不如說是恐懼，真的恐懼。恐懼於她與母親之間，必定有一人是瘋了。

這正常嗎？她相信自己不是母親口中那樣惡劣的人，真正的親子相處模式在進入成年後，勢必有空巢期，但不是這樣的撕裂。來再多長輩勸說，問題都不是在她。

如果不是自己，那麼，誰敢去貓的脖子上繫鈴呢？

「媽，我有自己的生活要過，妳也該有。」

「媽，妳用太過度的情緒反應，是不是也累了？」

還有：「如果妳有需要幫忙的地方，不是從我這來要求各種讓步，妳需要的是專業身心科的幫忙。」

但，說不出口。

要說出來的恐懼，比接起那電話還沉重，她只能任由鈴聲一聲聲的刺耳，任由自己憋氣到幾乎窒息。

小蟲仍藕斷絲連的跟她保持聯繫，有著共同興趣、共同價值觀。漸漸的，小蟲也知道了母親的事。

他說：「沒關係，我等。」等之之同意再跟他復合。

之之原本沒敢讓任何人知道，太沉重、太失常、太不一般了，誰想知道？但幾次接電話後臉色一沉，剛好被小蟲看到，也就藏不住了。

‡ ‡

某天，之之媽傳給她一封信：

各位醫師們，午安：

我是一位阿姨，很高興有機會來到這裡認識大家，阿姨的小孩都是念醫的，其中一位小孩是三十幾歲的男醫師，他在診所工作，一直沒有女朋友，讓做為母親的我有點擔心。

阿姨想找女醫師／醫學生（西醫／牙醫／中醫）／波蘭留學生跟他做朋友，職業不分貴賤，每個職業都很神聖，阿姨不是看不起其它行業，而是阿姨家人有多位醫師，希望妳也是醫師或醫學生，大家彼此可以交流、努力、學習、成長以及互相幫忙。

阿姨知道有些女孩子醫學院畢業後，才重考醫學系／牙醫系／後醫／後中，也許妳現在二十幾歲才開始念醫，三十幾歲才會畢業，很長時間沒有工作收入，沒有收入沒有關係，只要妳是真心愛阿姨的孩子，彼此互相扶持幫忙，妳就是阿姨的女兒，阿姨會照顧妳。

妳好好念書，以後當個好醫師，阿姨幫妳的忙，學費、書籍費、生活費以及租房子的錢，阿姨幫妳出，妳好好念書，畢業後當個好醫師，阿姨就很高興了，錢不用還給阿姨。

假如妳已經開始當醫師，希望妳的工作是輕鬆的，工作太辛苦身體容易不好，臉上容易長痘痘，生理期也會變得不規則，阿姨捨不得妳辛苦。阿姨家有朋友在醫院工作，如果妳不嫌棄，阿姨可以介紹妳從五大科換到小科訓練，後半輩子工作比較輕鬆。

結婚時，阿姨會送一間房子給妳們住。如果妳還在波蘭念書、或是clerk、PGY尚未選科，阿姨家介紹大學教授教妳做研究寫論文，阿姨也有家人在醫學中心當醫師，家人會做研究，寫論文，他也可以幫忙妳，再請教授醫師幫妳寫推薦函去應徵比較輕鬆的小科。如果妳不嫌棄，阿姨家有朋友在醫院當主管，阿姨可以介紹妳到小科訓練專科。

假設妳是主治醫師，結婚時，阿姨會送一間房子給你們住。妳們結婚以後，不需要跟我住，妳們年輕人有年輕人的生活，我們老人家不會去干涉，我跟孩子的爸爸存有積蓄，足以讓我們頤養天年。

妳跟我兒子的收入由妳們自己規畫，不需要給我生活費，過年過節來找阿姨家吃飯，阿姨喜歡煮飯，會煮一大桌豐盛美食給妳們吃，如果妳想學做菜，阿姨會教妳一手好菜。

阿姨在乎的是女孩子的人品以及個性，阿姨希望妳是一位善良、體貼、孝順的女孩子，願意跟另一半互相扶持，有事情好好講，遇到問題，兩個人慢慢溝通。阿姨知道現在社會比較開放，但是「時代有先後，道德無古今」，交男朋友沒有關係，結婚前，不可以跟男朋友有逾矩的行為。阿姨也是結婚後才跟丈夫有小孩，阿姨也是這樣子教自己的孩子。

阿姨現在五十幾歲，希望每位孩子都有好的對象與婚姻，阿姨家庭平凡，但是家人感情好、和樂融融，家人有多位醫師，希望妳也是醫師／醫學生，阿姨想要介紹兒子給妳認識，他不矮，一百七十幾公分，他在診所當醫師，有一份穩定的工作，不抽菸、不喝酒、不嚼檳榔、不賭博，他賺錢大部分都存起來，不隨便花掉，準備成家立業照顧妳。

雖然他不見得比其他醫師聰明，但是他一直很努力，很認真當個好醫師，最重要的是，他很孝順、心地善良、人品一流，他現在孝順父母親，結婚後也會對妳溫柔體貼為妳著想。

阿姨很愛小孩，愛他三十幾年，希望有其他女孩子跟我一樣愛他，後半輩子互相扶持、照顧彼此，我才能夠放心，如果妳願意當阿姨的女兒，阿姨會盡量幫忙妳念書、求學、選小科、找工作、買房子。

阿姨年紀五十幾歲，學新東西比較慢，使用電腦、手機常常需要幫忙，一段文字要打兩個小時，阿姨剛學會用手機看信件，歡迎妳來信自我介紹。
但是阿姨只會看信，還不會回信，如果妳急著找阿姨，請在信中告訴阿姨電話，阿姨打電話給妳，阿姨只會看信，還不會回信，請妳不要怪阿姨最近沒有回信給妳。❺

之之媽說：「我已經幫妳寄信去了，機會難得耶，有人要幫醫師兒子徵女友，條件什麼的妳都很符合！」

她嘆口氣，又要回去演連續劇了。之前的情緒波動還在，她不敢相信母親就這樣恢復了，近鄉情怯、不、應該說是抗拒回老家的這次，她需要找幫手。

第一時間答應的就是小蟲。

「好，沒問題，要我怎麼配合？」

之之猶豫的說：「我怕我有生命危險，或我媽以死相逼，可以拜託你在門外等嗎？如果聽到任何不尋常的聲音，拜託衝進來救我……」

這樣的要求，希望小蟲不會被嚇跑……被嚇跑也不意外，但她真的怕極了。

那次回家，小蟲在她家門口靜靜等了三小時。門內不是風平浪靜，是八點檔連續劇的各種真實上演。下跪、磕頭、道歉、比慘、狗血。這一回合之之總算贏了，讓媽媽放棄幫她徵婚找醫師男友，也放話讓小蟲可能敗部復活——只是可能而已。

❺ 以上信件出自網路流傳文章。

之之媽以為自己還可以拗得過女兒轉變心意，但小蟲在之之心裡越來越重要，雖然媽媽那關到底要怎麼過，還不知道。

‡　‡

這次，之之帶小蟲提了禮盒去見母親，之之媽又崩潰了。

之之在進門前轉身拜託小蟲：「等我。」

小蟲點頭：「好。」

之之叮嚀：「我傳簡訊，OK了你再進來。」

小蟲又點頭：「好。」

正要進門，之之又轉頭：「如果你等下進來看到任何畫面，都不要驚訝好嗎？不管是我下跪，地上摔得亂七八糟，或是我跟我媽上演八點檔畫面，請記住，那都是演的。我必須配合我媽演給她滿意，我很清楚那都是假的。如果她對你有任何言詞上的不恰當，請讓我來處理。最重要的，請相信我，我是真心的想要跟你認真交往。」

小蟲定睛看著她，「好。」

結果很慘，媽媽崩潰大鬧，摔壞一堆東西，完全不讓小蟲入房。之之掩面離開時，覺得自己又快被拉到深淵了。

好累，讓媽媽贏好了。自己不要做什麼選擇、不要再任何努力、交什麼男友了。這樣大家都不會痛苦、她也不會那麼痛苦了不是嗎？

並肩搭著交通車離開，她沉默著感受小蟲手臂傳來的溫度，心在淌血，這或許是最後一次有他相伴。

要跟他攤牌說明白嗎？她已經快沒勇氣跟母親奮鬥了，像被感染病菌逐漸蔓延到全身的末世殭屍劇情，她就快要被整個殭屍化／母親化了……

小蟲卻在這時轉頭定睛，望向她心底：「我知道妳想說什麼，我只想說，妳如果沒有被其他人影響，妳自己的決定呢？」

之之到嘴邊的話瞬間凍結，緊閉雙眼。

小蟲柔聲說：「妳值得被好好的對待、好好的愛。」

聽聞瞬間，話語粉碎成片片，淚珠再也停不住。

扭曲荊棘構成的世界突然塌毀，玻璃違章建築毀了一面牆。她張眼，看到自己滿身割傷裂痕，蹲坐在尖銳之間，但牆外，滿是風與光與草與花。

她卻無法踏出一步。

之之依舊單身一人，但她無法再回到母親身邊。

人在身邊，卻不在。

一直到要很久之後，母親過世，她才知道自己失去的是什麼、爭取的是什麼、還有不能原諒的是什麼。

〈放入海中的飄搖〉

之之、小莎、緹娜，三人接連分配到鄰近港都的區域醫院，港口有漁鷹飛翔、山路起伏與河道交錯。半年前就約定好的出遊行程，卻卡在這個尷尬點上。

彼此共處時，瀰漫著沉默，就這麼剛好，適逢當地盛名遠播的中元遊行、點燃水燈入海引路等儀式，雖然之前講得興高采烈，現在卻不知道要怎麼出口邀約。

阿鬼大方的對大家說：「今晚有難得的遊行，一起去吧！」彼此悶聲不響，只好點頭，共乘一輛車出發了。

低落到不能再低落的之之，惦記著已經強制入院的媽媽。收拾行李前，媽媽給了她一罐久未用的香水，難得冷靜如一位正常母親般慈愛的說：「這是我珍藏很久的，送妳。」之之輕輕噴上一些，不是很好聞，從沒用過保養品的她不知道，那是久置揮發變調的刺鼻味。

緹娜正猶豫要不要放出消息，說自己想走外科，卻仍顧忌小莎之前的種種作為。

小莎正在傳訊，再三懇求喬治王讓她跟朋友出遊。喬治王因為即將到來的國際會議，壓力越來越大，命令小莎聯絡人事、核對名單、通知廠商、跑腿雜務等瑣事，他越來越暴躁，只要小莎遲幾秒接電話就破口大罵！

建議搭配音樂
Lea Michele‧〈If You Say So〉

小莎今晚唯一的希望是，喬治王不要在答應的時間內又打電話來暴怒罵人。電話她不得不接，但這樣很難在大家面前繼續演若無其事的樣子。

雖然各懷心事，遊行夜景卻瑰麗奇妙極了！整個城市的所有車輛都限制通行，霓光紅藍、黃綠閃爍，甚至帶著螢光夜光的不同亮彩此起彼落，陣頭狹路相逢時的互鬥、特技與樂團、滿滿臺味華麗的衣裳跟電音隊伍、與整個地鳴共振的哨角隊吹奏、呼喚兵將、驅趕邪魔，看得大家目眩神迷。

阿鬼問：「對了，妳們都選好自己要走的科別嗎？」

所有人心頭一驚！

緹娜瞪他：「我沒意外的話，大概就外科吧！」

小莎連忙問：「妳確定要apply我們center的外科，不考慮其他間？」

緹娜回嗆：「妳這樣問是什麼意思？是說我apply不上？」

小視事件仍餘波盪漾，緹娜非常擔心某個主任的死亡筆記本上，還有自己的名字沒被刪掉。

雖然這確實跟小莎所知的相符，但說不出口。她乾咳兩聲：「我……我可能會走之後比較好出來開業的科別吧……」連忙轉移話題。

之之幽幽地問：「什麼科？跟我一樣是皮膚科嗎？」

眾人無語，沉默地跟著喧囂燦爛的隊伍往海邊走去。

話不投機半句多，小莎只好跟阿鬼閒扯淡：「阿鬼你呢？男生應該比較好選吧！」

阿鬼露齒傻笑，也不答話。

一行人順著人潮走向海邊，這時蓮花水燈已經被幾個壯漢扛起，要衝入海面了。

小莎感到煩躁，背包裡傳來手機震動的提醒，越來越急促，喬治王在找她了。

她不耐煩的揉揉鼻子：「啊到底還要多久啊？他們不是還要點水燈嗎？什麼刺鼻味好難聞，誰擦什麼廉價香水的味道？」

之之瞬間僵住。

幾進幾出之後，在眾人歡呼聲中，水燈終於衝入海面，壯丁狂奔沒頂後紛紛游開，「轟隆！」一聲，整個蓮花檯面瞬間點燃，岸邊的觀眾鼓掌叫好！

之之低頭掩面，悶悶地說：「妳說話一定要這麼惡毒嗎？那是我媽給我的香水，她進了精神科急性病房，不知道什麼時候可以出來。」

所有人訝異轉頭，小莎驚訝到甚至一腳踩入了海水都沒注意。海面上閃耀的火光照出每個人的輪廓，只有低頭掩面的之之，完全陷入黑暗，雙肩顫抖。

‡ ‡

緹娜「嗯」了一聲，不再多講什麼，頹然關掉手機。

電話那頭是璀鳳主任，用了上千種官方客套式修辭跟她解釋：「我們外科沒有不收女生、也是要看各方面的綜合評估、還有考慮到配額的住院醫師名額的發展性與將來的變化，還有醫院著重的配合度，如果還要出國進修什麼的，困難度不同……」

沒有就是有。

簡單就是一句話：「我們不收女生。」

在那個還不知道勞動人權、性別平等的當下，加上才經歷過小視事件的驚心動魄，抗議或爭取那種事，早就完全消失在膽子被拔掉的緹娜腦海中。

她想走外科，猶豫這麼久，終於確定再確定了，如果是因為她懶散白目不念書不耐久站、怕血沒慧根缺乏立體空間感，那她認了。結果竟然是因為這個無法改變的原因，那不是從一開始就注定了嗎？

但她被規訓限制，不敢用正常邏輯思考，拚了命的想：「還能怎麼辦呢？我多幫長官寫一點論文？我把所有自假的時間都拿來跟刀？」這個那個的千頭萬緒……

之之嘆口氣：「其實就是怕妳一個女生當了住院醫師後，懷孕請產假會讓人力空白太多。」

一語驚醒夢中人！

緹娜問：「那怎麼辦？」

之之：「像我想走的皮膚科，就是因為住院醫師大多都女的，根本沒在跟你客氣這些，學姐都有講，apply 皮膚科如果受訓期間懷孕，就是自己皮繃緊點，把產假期間的值班先值掉，不然請完產假後還要回來自己補。」

緹娜大驚：「那懷孕時期不就還要值一個月超過規定的上限十班，變成十一、十二班？媽呀，不累死才怪！」

之之說：「所以，我們還有學姐口頭立下『住院醫師受訓期間不請產假』的宣言。」

緹娜驚呆了！一邊想著自己孑然一身，進了外科也不會立刻交男友（的樣子），應該、或許、可能、在這方面也跟外科訂下了這種約定吧。但受訓完成為主治醫師後都幾歲了，超過三十？三十五？教科書有講過，三十五以上高齡產婦的不孕率暴增，那到時候要算誰的責任？

在這環境受訓久了，沒出過同溫層，思考完全被馴化到認為任何違反人權的要求都合理。緹娜跟其他醫學生一樣爬著迷宮，只想著眼前的起司塊，沒注意到自己也成為小白鼠。

她要為自己的人生而戰，犧牲、競爭、輸贏，如此巨大的石塊刻著這三個詞、壓在她前方，她卻一點勝算都沒有。

緹娜看著恢復正常神色的之之，憂心問道：「妳還好嗎？」

之之眼神黯淡，卻回答：「還好。」

不好。

有比這還糟的回答嗎？但自身如同被隨波逐流的水燈，身不由己啊！

‡　‡

小莎被喬治王揍到已經有了SOP。

先是怒嗆：「不要打臉！我還要看病人！你再打我就跟醫院講、跟你媽講！」然後趁喬治王憤恨離家時，躲到醫院值班室裡。

再怎麼鬧也不敢再醫院裡撒野吧。她這樣想。儘管她自己進了醫院也是一臉神情肅穆專業樣，什麼都不敢說。

小莎和緹娜這梯次，兩人都在急診實習相遇。小莎跟著精神科學姐，專門看急診會診的自殺急性病人，緹娜則在急診外科。已經鬧翻的她們會相遇，代表有自殺的病人需要急診外科診視外傷無大礙後，會診精神科評估。

列夫・托爾斯泰有這樣一句話：「幸福的家庭都是相似的，不幸的家庭各有各的不幸。」在看過一個個崩潰、哭鬧、身處於無形痛苦想要解脫的自殺者身上。家暴、性侵、受虐、霸凌、遺棄，每一個故事聽得小莎膽戰心驚，而一旁忙來忙去的緹娜則是看兩眼割腕傷口沒再流血後，就揮袖離去。

小莎其實想攔住緹娜，告訴她：「那天喬治王抓到小視的晚上，通報的電話是我打的。」因為她很愧疚，告密後，不想把大家害太慘。

但緹娜對小莎有太多不諒解。之之與她之前需要考古題時，小莎落井下石；工作態度上的不認同；那次痛苦的中元出遊，流露出對之之的輕蔑；更別說之之想要選第一名中的第一名皮膚科，小莎竟然要與之競爭，讓喬治王幫自己「喬」進去。

緹娜心情沉重，她想到剛才看完的病人，又想起之之輕描淡寫提到自己的媽媽也住院……也是鬧自殺吧？但之之不願再講。

曾經是能對唱〈如果的事〉的好朋友，如今形同陌路，相對無語。

但緹娜還是注意到了，眼前的小莎怪怪的……袖口隱隱露出包紮的紗布線頭。

昨天是小莎跟喬治王爭執最厲害的一次。心情好的喬治王，不知是要重修舊好還是良心發現，邀小莎一同晚餐後看電影。小莎一陣飄飄然，卻不知這是整個大寫的「慘」字的第一筆畫。

小莎點完菜對服務生微笑，喬治王就開罵了：「妳笑那什麼樣子？路上隨便一個男的妳都這樣笑嗎？就這麼招搖要勾引別人嗎？」

小莎相當委屈不悅，但只能吞下，她不想壞了今晚的好心情。

吃完飯後，從立體停車場到電影院，走路要十五分鐘的路程更是悲劇。很久沒穿高跟鞋的小莎不小心一扭，拐到腳了，鞋跟斷裂。她彷彿做錯事的孩子等喬治王發難。果然，已經訂好電影場次要趕路的他，一聽小莎鞋跟斷了不能走，直接就在路邊破口大罵，什麼難聽話都出來了，彷彿他在開刀房一樣！

小莎愣愣看著喬治王，心想：「以前都說這些脾氣很差的醫師，因為失血或緊急壓力大，發火是沒辦法的。難道都沒想過，其實這些醫師就真的只是欠修養，他們在生活日常的所有時刻、只要沒有面子問題、都會這樣隨便亂爆發啊！」

難怪都說醫師身邊最親密的人，往往是被傷害最重的人。

她被罵到整個思緒飄開，但至少知道在大馬路上，喬治王不敢動手。

結果喬治王吼完轉身：「我管妳能不能走，我就是要去看啦，操妳媽的爛人！」撇下小莎一個人。

小莎氣到發抖，腦中不斷浮現怨懟的話語，但更悲哀的是她沒勇氣走掉。頂著一臉精緻裝扮的盛世美顏，腮紅遮蓋的慘白臉孔，她咬牙撐著、慢慢走到最近的商家買了雙平底鞋，扔了壞鞋，又小碎步跑向約好的電影院。她自己的票還在手上，沒問題的，還可以的，跟得上的！她一直這樣告訴自己，自己選的不會錯！不管是電影還是男人！

儘管當天的電影連選也都沒得選，是喬治王愛看的恐怖片《沉默之丘》，對恐怖片驚懼到極點的小莎事前再三反對，仍舊無法改變。

喬治王只撂下一句：「愛看不看隨便妳，大不了我自己去看。」

小莎只好皺眉咬著牙跟進。

喬治王在黑暗的觀眾席內看到小莎入座時，悶哼了一聲。

小莎怯弱的靠近：「對不起，我去換鞋子了。」

喬治王噓了她一聲，沒再反應。小莎大喜過望，認為這是和解的象徵，是男方消氣的表現，是還有愛的證明，她開心坐了下來，沒有太大的厭惡，就是愛她的表現了吧！

她卻被整齣恐怖情節給沉重壓到喘不過氣，怪物突現，她嚇到飆淚尖叫，最後劇中為了愛女，勇敢的母親被濃霧籠罩的詭異小鎮給吞噬，與隨後尋人的先生永世不得相見。

人在、身在、心不在，永世不在。

看到這結局，她顧不得嚇到滿身冷汗，幾乎彈跳出座位，遮眼摀耳仍恐懼到想逃。好想哭，好難受。

喬治王屢次轉頭恥笑她的反應：「妳也太誇張了吧，有這麼恐怖嗎？不要那麼扯，妳可以安靜點嗎？」

小莎硬把眼淚逼了回去，幾乎腿軟的看完全片，喬治王完全沒有要等她或扶她，快步逕自走往停車場。但停車場內七八層的車位、竟然找不到車子在哪！

午夜場後人群散去，偌大樓層空無一人，喬治王又崩潰發怒吼小莎：「妳是死了是不是，不會幫忙找嗎？沒看過妳這麼爛的女友，妳信不信我回去馬上跟妳分手！」

小莎畏畏然走向空蕩、幾乎全黑的樓層，腦袋轟轟然是一聲聲怒吼斥責，幾乎無法思考，但究竟是哪一樓？怎會要她這樣一層層找？她轉身回頭要問喬治王，他將身上的雙肩背包往小莎砸過去！

裡頭裝有不知道是筆電還是原文書，重到不像樣，小莎肚子一悶重重被砸到側倒，手腕好痛！肚子好痛！更痛的是，心好痛好痛好痛！

她對被打的恐懼大於在黑暗找車的恐懼，哽咽著勉強站起，拖著腿向前拚命走，空盪、不知方向、迷惘，一時之間不知道自己是不是在電影情節中，難道還沒演完？抑或她已經把人生演得比恐怖片還恐怖。

這時候後方傳來加速遠去的車聲，她猛然回頭發現，喬治王找到車了，完全不跟她說就把車開走了。被撇下在黑暗的夜晚，歷經被恐懼浸滿全身、被羞辱被動手、被咒罵，一瞬間都隨著車尾燈揚長離開。

人在、身在、心不在，永世不在。

此刻的她，曾為女王的她，跟急診看到的一個個弱小哭泣的家暴受害者一樣。

她甚至連哭的勇氣都沒有。

小莎，只剩下喧囂塵世的自己一個人，為自己存在。

‡　‡

之之接到電話，媽媽病情穩定，可以出院了。

回家路上，媽媽又散發閃亮溫柔的光，笑說要幫之之準備她愛吃的好料。之之說：「我最喜歡那個手切小塊小塊、連皮帶一點肥肉的古早味肉燥，還要加……」

之之媽搶答：「冰糖對不對？就知道！」

兩人微笑，一路閒聊，之之弱弱的提起自己還是會考慮跟小蟲交往，媽媽不動聲色，至少沒激烈反對。

之之回家安頓好大包小包後，媽媽連忙趕她回醫院，「去忙妳的，沒事、沒事，還要忙著煮東西呢！」之之說拜託姨婆稍晚來看看，媽媽依然強調真的沒事，明天肉燥就會好了，下班再過來！

關上門前，之之停下來看著家。果然，還是有媽媽在比較好，那個蕾絲枕頭擺那位置、刺繡燈罩放那地方、玫瑰鹽燈溫柔的光亮在那個角落，真好。

之之想對媽媽說些什麼，雙唇微張，還是忍住了。

之之媽看了，笑說：「我也是。」

她懂。她知道她懂。

關上門，太好了。心情是有史以來最雀躍的一次。這次真的有控制下來，太好了，太好了。

然後是深夜的電話。

整個人被石化。

不是才剛說沒事的嗎？

姨婆崩潰哭號，之之發著抖，電話都接不穩，什麼叫上吊了？什麼叫沒有了？後面的記憶像硬碟壞軌一樣，破碎、片段。

之之不記得自己怎麼衝回家的，她記得開門時還聞到整個家裡的肉燥香。她不記得自己怎麼幫媽媽從繩子上卸下來的，是她嗎？只記得為了讓媽媽舒服一點，在醫護人員衝進家踏亂整個蕾絲刺繡之際，她幫媽媽噴了一點最愛的香水；她不記得小莎為什麼會在旁邊，為什麼小莎會來？是她失魂落魄衝出醫院時剛好遇到？好像是……只記得小莎拿著筆燈亮晃亮晃的檢查媽媽的瞳孔，然後搖搖頭，好像抱著她說了什麼。

她什麼都不記得了，最後一次的對話是什麼？她想對媽媽說的那句「我愛妳」，說了嗎？

在那句「儘管妳傷我這麼深，我還是想要像個孩子一樣，被妳愛著」之前，先說出的「我愛妳」，說了？沒說？

她記得又不記得，媽媽當時看著她，笑笑的說：「我也是。」

燃燒的蓮花水燈，搖搖、晃晃，
離去的亮度，慢慢、緩緩，
火光捲起飛翔的紙屑，點點、冉冉，
飄向無垠的黑暗，悠悠、飄飄。
人不在、身不在、心不在，永世不在。

〈那些說出口跟說不出口的「不要走」

阿鬼說：「我要走囉，你們加油啦！」

那是在大伙快要結束實習時，突然的宣布。所有人都在，緹娜刻意與小莎隔了老遠，而之之請了假，沒現身。

實習醫師休息室內，眾人嘩然！

「你這傢伙，該不會是要出國了吧？」

阿鬼靦腆笑著：「算吧！」

實習醫師要通過國考，才能拿到正式醫師執照，成為合格醫師。每年六、七月就是一批批新生埋頭準備的時候，醫院通常會讓實習醫師放溫書假專心準備，除非有一些零星課程或複習班，大家才會在準備室碰頭。這時趁機交換情報、分享整理的資料非常重要。

小莎挾廣大醫院資源，擁歷屆考古詳解資料自重；沒被分到資料的如緹娜，也想辦法衝國考補習班或書局，從學長姐那邊要到資料。總之這時是關鍵存亡的生死門，趕快消化手上的東西比較重要。

畢竟那可是好幾年的時間、原文書堆起來好幾個人高的考試範圍！更別說，已經

建議搭配音樂
玉置浩二・〈不要走〉（行かないで）

陸陸續續有好幾間醫院，開始徵選下年度的新進ＰＧＹ及住院醫師了，有些只要投履歷跟面試打招呼就好；有些還要準備筆試，事情多如牛毛，特別阿雜！

而阿鬼居然說他一考完國考，就要出國了！

緹娜本來啃著吸管，一愣，怎麼整天拉著他進進出出，一點都沒聽說？

阿鬼被大家簇擁著逼問，原來是他已經答應了教會的學長邀請，要搭乘環遊世界的宣教郵輪，用一年時間出航，剛拿到醫師執照的阿鬼成為船上的船醫。

「挖賽，壯遊耶你！」

「吃住全免，還可以認識世界各地的青年志工妹，也太好了吧！」

你一言我一語，阿鬼被包夾著傻笑，眼神不禁飄向角落的緹娜。

同時間瞄過擔心的眼光，還有小莎。

只有當事人緹娜自己，裝作一臉無所謂，低頭繼續念她的書。

阿鬼心中嘆了口氣。

複習班結束，緹娜看著模擬考慘烈的不及格分數抓頭，走向外科護理站。

阿鬼從背後追上：「嘿，妳考得如何？」邊說邊揮著手上的一百分考卷。

緹娜一看，差點暈倒：「天啊，你這分數是怎麼念的？你不是說之前實習很累，都沒時間複習？」

阿鬼笑笑：「是啊，我是從上週放溫書假才念的。」

緹娜哀號：「才念一個禮拜就考這樣？吼～拜託不要再刺激我了，我就是背不起來啦！」

緹娜超火大，醫學系多的是這種人！

明明阿鬼動手不如她，實習還常常要她幫忙罩，可是一到考卷面前，就馬上天才盡顯，考題看一次就記住、講義翻一次就背完，更不用說還可以把歷屆考題分門別類比較了。

話才剛說完咧，阿鬼指著緹娜寫錯的題目說：「這題也難怪妳會寫錯，這題在一四年出過一次，一六年又出同樣題目，但兩個答案不同，其實是一四年的答案錯了。我告訴妳唷，這邊是這樣解題……」

緹娜斜眼看著認真幫忙解題的阿鬼，想起不久之前哭著說怕血怕肉怕黏液的中二兩光男，好像突然懂事了，長大了。

緹娜脫口問：「喂，問你唷，你說國考完就馬上要出國是真的嗎？你不準備apply醫院嗎？你家人同意嗎？還是你怕說有些醫院一招錯過了，還可以二招三招沒關係啊，你之後還會回臺灣嗎？」

阿鬼放下筆，眼神晶亮的正眼看她：「妳希望我回來嗎？」

緹娜突然心頭一震，說不出話來。

阿鬼眼神中的光稍微減弱，但還是微笑：「我家人都很支持，他們習慣我這樣跑來跑去了，沒關係的。」

緹娜說：「我是知道你家人都給很大自由度啦……可是你之前不是才說，要是我去走外科那種都是很多男生的科，你會擔心……」

阿鬼噗哧一笑：「是啊，我會擔心那些學長們的生命危險！」

緹娜拍桌站起，用力手刀敲下去：「你！祖！母！啦！臭！阿！鬼！你最好現在就趕快給我走，消失啦！」

‡　‡

小莎想了第一萬次要跟喬治王提分手。

國考前夕，她幾乎無心準備，儘管坐擁滿滿附上詳解、標註參考書出處頁數的資料，她眼神卻死盯著一行行的字，讀不進腦中。

喬治王準備的國際醫學會首次由醫院主辦，借用了市內最大的國際展覽館，忙到不可開交，這時候他似乎想起小莎八面玲瓏的好了，又恢復成那個溫柔、體貼、風趣的喬治王。

小莎知道那是假象，看他在眾人面前對自己越好，她就越想吐。被那樣揍過、精神虐待過，她竟然被巨大壓力給折服到畏畏縮縮。壓力來自自我要求和面子，更別說喬治王翻臉盛怒的狂暴模樣，讓她不敢有自己的想法與意見，當喬治王回頭對她又是道歉又是保證，她答應復合、好好重新開始，就彷彿有分靈體從她體內撕裂開來，冷眼看著披著人皮卻沒有靈魂的那個「假小莎」，在一旁想吐。

喬治王說：「妳的國考沒問題啦！我不是都叫誰準備了資料給妳，隨便念念就好啦，反正妳不管要走我們院內哪科，我都可以幫妳去喬。」

假小莎燦笑：「哇，真的嗎？你好厲害唷，謝謝～」（**真想吐。**）

喬治王說：「所以妳趕快來幫我，上次不是說有請一個澳洲的國際會議團隊嗎？等會我們要線上開會，妳英文好，妳來主持。」

假小莎立刻說：「好啊。」（**不好，我沒時間念書了。**）

喬治王丟下一疊紙：「這是當天我們邀的講師，有十五個國家的教授、一百多人，妳跟團隊公司那邊分配，看看要怎麼聯絡。」

假小莎回覆：「嗯，我記得上次有提到，他們建議我們要再找臺灣這邊當地的PCO❻。」（**要花錢啦更！**）

果然喬治王臉色一沉：「還要再花錢？請這個國際團隊就已經花夠多了！不就是聯繫接洽會議、打打電話而已，為什麼還要再花錢？」

假小莎微笑：「好，我知道了，我來跟他們說。」（**媽的有夠摳門反正就當我免費人力**）

喬治王大喜：「對，就交給妳了！我要先去開刀嘛，有事再Call我。」

小莎看著喬治王離去的背影，僵笑瞬間垮下，她完全被當成免費祕書和助理，根本打雜！但喬治王最近似乎改邪歸正了，偷翻他的手機，也沒在跟哪個妹亂傳訊，見面也很需要她的樣子，這樣被看重的感覺……好像很不賴？但這是她本來談感情論交往的原因嗎？……不能再想了！一定是有助於感情加溫的！外在越是肯定、內心越是徬徨錯愕、甚至冷冽的憤怒與怨氣，吞沒了小莎。

❻ Professional Conference Organizer，國際上主要指專門提供籌辦會議、展覽及有關活動服務的公司。

她一定要被愛，一定要被喬治王愛。

一定，一定。

這樣，喬治王才不會離開，不要讓他走。人離開，是多可怕的事。

她還記得，她剛好要去找之之，卻聽到之之顫抖的說：「我媽……上吊了……」

她還記得，自己打電話報警，衝去破門，把屍僵的軀體從繩索解下，然後把跪著發抖、整個呆掉的之之抱起，拖到隔壁房間。人離開，竟是那麼可怕。

她不想讓之之看到自己的母親被急救、被插管、被壓胸、聽著肋骨一根根斷裂的聲音。

不告而別的離開，太悲傷了。

‡　‡

之之舉行了母親的告別式，但她不要同學知道這件事。母親有精神病，是她用盡一生隱藏的祕密，直到最後用這麼不堪的模樣離世，她哀求當時在現場的小莎，她不想再讓人知道。

從小只有媽媽的她，如同戰爭的告別式過程，她是唯一的親人，卻也是什麼決定都無法決定的人。不知道哪裡冒出來的長輩、不知道哪裡強加的習俗、她被帶到這裡跪下、那裡拜著、再來舉香、然後跟著念外星文。死診開立了、戶口要怎麼處理、保險有哪些、印章證件表單照片遺物，她都不知，卻又必須知道。

之之連母親要用什麼宗教儀式都不知道。

她沒有哭。

淨身儀式時那個布滿屍斑、毛髮直落、屍水滲出的那具遺體，不是她母親；等待火化、一排排棺材塞車的荒謬景象、燒完森森白骨一敲成灰的那東西，不是她母親。她母親應該是，心情好會說會笑，心情差會哭會鬧的，一個活生生的母親。

不是這些。

結算完禮儀社的費用，送走滿口檳榔的大哥，拆掉袖子上的麻布塊，她回到曾經是她跟母親的家，滿是母親最愛的蕾絲刺繡、粉紅玫瑰鹽燈光芒的那個家。

一切如舊。

好餓。

打開冰箱，有肉燥。加熱好，就著白飯吃了起來。

她突然想到這是母親最後那一晚、最後那一次電話裡答應她要煮的，加了冰糖、手切小塊連皮帶一點肥肉的、古早味肉燥。

之之拿起手機，無聲的房子讓人慌到想放點聲音，一滑開農場遊戲，瞬間僵住。她與母親共用帳號的那隻小兔子，正一跳一跳的收成菜圃裡的農作。

那是她母親死前幫她完成的紀錄。

瞬間淚水無法克制，飯裡溽濕了鹹。

南部口味加了冰糖，卻仍無比的鹹。

一口，一頓，一臉淚。

對不起，不要走，不要這麼不堪的走。

什麼都看不見，什麼都看不見
只是一直哭泣著，然而也並非悲傷
只要觸及溫暖的你，就感到快樂
啊，不要走，不要走
永遠，永遠都別離開我
啊，不要走，不要走
就保持這樣吧

緹娜，笑鬧著有阿鬼陪伴，倒數著考完國考、他即將離開的日子，心中隱隱那句：「你別走。」說不出口。

小莎連作夢都想說的那句：「讓我走。」憋在嘴邊。

之之配著母親留下的最後一頓飯，那一句句：「不要走。」吞嚥入口。

求救訊號

國考來了，要在國家考試院進行，小莎、之之、緹娜半年前就訂好附近的旅館，考前一晚先入住。訂旅館當時，她們還是堅不可摧的好閨密，怎知才過了半年，變化這麼大……

考前一個月開始放溫書假，緹娜悶在宿舍裡死背苦讀，等悶到受不了，就找阿鬼聊聊天，也順便問他一些考古題；之之放完喪假後，窩在宿舍角落，更陰暗、更安靜了，她絕口不提家裡的事，一心只想趕快加緊複習進度，補上之前落後的部分。

只有小莎，幾乎是半放棄狀態了。儘管她惦記著要等之之回來後，找她好好聊聊、關心一下，但都自顧不暇了，她自己的問題不見得比較少。

小莎為了幫忙喬治王的會議準備，忙到天昏地暗。雖然學會也有工作人員幫忙、科內也有助理，但她儼然成為半個主辦人，接下喬治王該統籌的大小事，學會同一天內有十個演講同時開講，從節目安排到報名費用、交通住宿飲食投影機電腦檔案……搞到她焦頭爛額，她幾乎分不清自己究竟是在當實習醫師還是專人祕書。

但這番努力，破天荒獲得喬治王的肯定：「有空我再帶妳回家，跟我爸媽吃個飯，順便過夜。」

建議搭配音樂
海爾希（Halsey）．〈Gasoline〉

登登登登！交響樂在背後響起。

小莎熬到可以再次見男方爸媽的關卡了！好高興唷！小莎興奮的瞪大雙眼，就連一旁冷眼的分靈體也一時被沖到煙消雲散。

她終於苦盡甘來了嗎？

兩次見面都順利的話，接下來就是談婚事了嗎？她要創下紀錄，一國考完就結婚了嗎？在其他女醫學生還苦哈哈在臨床打滾的時刻，她就要脫離魯蛇村了嗎？

太好了！到時候她一定要看看那些看衰她的其他女生嘴臉！尤其那個呆木頭緹娜，自己錯失多少良緣，就活該當一輩子沒人要的老姑婆吧！

‡ ‡

見喬治王爸媽前，小莎精心裝扮，翻出所有壓箱寶，連伴手禮都準備名牌。上次匆忙一面沒時間細瞧，這次她可多的是時間細細觀察：同為醫師出身、已退休的喬治爸話很少，倒是光鮮亮麗的喬治媽，是個狠角色！

喬治媽自視甚高，老愛強調自己的衣著都是櫃姐第一順位優先保留給她挑，保養品必用全套資生堂。一見面就把小莎十八代祖宗先問個仔細，又一邊調侃自己兒子「憨慢」、「女人緣差」，小莎擺出最端莊優雅的微笑，心中微納悶……奇怪？不是之前才說喬治王有個也算論及婚嫁的女友，還是哪個主任的女兒？小莎是硬生生橫刀奪愛搶過來的，難道他媽不知道？況且，要說這個世界上距離「女人緣差」最遙遠的，就是喬治王了！他媽怎麼會這樣認為？

小莎想著，不禁要大笑出來，還好忍住了。

更讓小莎訝異的就是拜會喬治王老家的各路親友了。喬治媽很得意自己快要有個醫師媳婦。也是，想想自己的先生是醫師、兒子也是，現在連媳婦都是，哇！多光宗耀祖、多精采奪目啊！當然要去炫炫囉！

小莎跟喬治王回他老家的那個週末，吃了不知道多少回聚餐，握了多少長輩叔伯的手，儼然未婚妻之姿，讓她無比醺醺然！

但好時光沒持續太久，在外過夜那天晚上，她就感覺到喬治王又開始心神不寧了，不時察看手機，坐在隔壁時還會刻意把手機翻面蓋著，但仍藏不住來訊的震動感。就在喬治王急忙伸手要接手機，卻被小莎一把握住，笑問：「怎麼了？在忙什麼？」

喬治甩開手，不耐煩的說：「醫院有急事，我要接電話！」他走出房間，壓低嗓音說話。

喬治媽還在問小莎國、高中念貴族私立學校的事、硬要她回神呢！小莎只能眼盯正面、耳聽隔壁，魂早已不知飛到哪裡……

當晚要休息時，小莎被安排睡在客房，卻聽到隔壁房的喬治王著外套、拿起鑰匙……

小莎大驚，衝出房門。「你今晚要出去?!」我人都被你邀到你爸媽老家裡了！

喬治王嘖了一聲：「我先去洗澡，晚點才要出門，妳別管太多喔！」閃身繞過她，進了浴室。

小莎如同被刺激後所有刺毛全豎的刺蝟，她終究要為自己爭取些什麼！

對了，手機！喬治王忘記帶進浴室了！

早就偷看過解密密碼的小莎，聽著水流聲，悄悄步入房間，滑開手機，卻發現所有訊息都被刪除。他一定是繼續用手機跟不知道哪個狐狸精聯絡！好！

小莎還知道一招，可以毀手機於無形卻查不出來，那就是拿進微波爐加熱，只要低頻快速加熱五秒就好，會讓晶片壞掉、但外型沒事。只要沒了手機聯絡，喬治王就不會出門了吧！

微波爐叮的一聲，手機本來亮著的螢幕瞬間黑掉，她躡手躡腳的把手機放回原位，憂慮卻又小小得意著自己的反擊。沒想到，幾分鐘後洗完澡的喬治王回房，拿了手機看也不看，依舊出門了。

小莎企圖阻擋：「你帶我這個女友住在你爸媽家，結果你晚上要出去？去哪裡？」

喬治王一手推得她跌坐在地，看也不看一眼，砰的關上門，也關掉了小莎對他最後一絲的信任與希望，門後壓抑許久的憤怒與忌妒，排山倒海！

拋下了多少自尊，指甲嵌入了肉裡流了多少血，如今換來依舊是渣人的渣般對待。小莎坐在黑暗的房間，直到天亮，喬治王都沒有回來。

早餐時，小莎滿眼血絲的模樣被喬治媽看到，她也知道昨晚的騷動，竟笑說：「唉唷，妳就當男人是放風的鳥，倦了總會回巢的嘛！」

小莎驚訝到無話可說，她沒想到，那是之後的一切敗壞始露的線索。

直到快接近中午，喬治王才回家，一回來倒頭就睡。，完全沒有要跟小莎解釋的意思。她憤怒到每一個毛孔都在吶喊、每一個細胞都快崩潰了！卻只能被喬治媽拉著聊天，點頭假笑。

下午要回醫院時，喬治王開車載她，喬治媽揮手道別，還若無其事地鼓勵她：「加油唷！聽說要國考了對不對？一定要考上唷，沒上不能當我們家媳婦，哈哈～開玩笑的啦！」

小莎用盡全身的力量克制住想要尖叫的衝動，點頭，微笑，揮手。

南方暖陽照耀，她內心憤怒的熊熊烈火燃燒，卻覺得自己顫抖的雙手冰冷到爆。

回程高速公路的車上，喬治王說：「妳要入我們家，就最好別讓我媽挑到毛病。」

什麼？Excause Me？先生，我有沒有聽錯？

小莎咬著牙，沙啞地說：「你要不要先解釋一下，昨晚你去哪裡？」

喬治王突然大敲方向盤、油門加速，怒吼：「妳她媽的賤人就一定要問是不是？對啦，我告訴妳！我昨天去找我前女友然後過夜啦，這樣妳有比較爽嗎?!妳也不用偷看我手機啦！手機壞了我一樣聯絡得了其他女人！」車身箭般飛出，在千鈞一髮之際超車！

小莎抓緊車門尖叫：「你不要這樣！很危險！」

喬治王繼續怒吼：「給妳到我們家已經很不錯了！妳有沒有搞清楚自己身分？還沒結婚就想管我那麼多！幹！我今天不治治妳，我們一起死了算了！」

小莎嚇到大哭：「好啦我不問了！我以後都不問了！你不要飆車！你慢慢開！對不起！是我的錯！」

小莎連聲哭喊道歉，直到喬治王突然轉進休息站，一停好車，他怒捶方向盤，馬上下車走掉。梨花帶雨的小莎心有餘悸，看著喬治王走往洗手間，她感覺到「快逃！危險！」的警訊，但又怕被喬治王抓到，會遭到更嚴厲的處罰。她畏畏縮縮下車，門不敢關、她不敢走，茫然四顧，皆是全家歡樂出遊，而她，才剛從鬼門關逃脫，卻又不敢離開……

突然，腳下的高跟鞋一拐，又是鞋跟裂開！她慌到不知道該怎麼處理，喬治王回來了。

「媽的，妳下車是不會關門嗎？」

小莎慌張的說：「不……不是，我不知道你要去多久才回來，我也想上洗手間，可是……」邊說邊拐著腳步。

這時，旁邊一位路過的先生看出他倆劍拔弩張的氣息，上前問道：「小姐，有事嗎？」

小莎急忙回一個微笑：「沒事、沒事，只是鞋根斷了，沒事。」

路人離開後，喬治王一語不發讓小莎上車，車開出老遠，一路上小莎惶恐不安，不知道這死寂的沉默是好還是不好……沒想到，車突然急停路肩。

喬治王生氣的說：「妳很招搖嘛！很愛笑嘛！隨便一個男的妳就笑給人家看！幹！給我下車！」他把小莎趕下車，一把丟出小莎的包包後，油門一催，車子就，開，走，了！

目瞪口呆的小莎，一手拿著斷掉的鞋跟，一手摀住自己的嘴，只能咬牙再咬牙，她一拐一拐的向前拾起包包，呆立原地許久。高速車輛從身旁呼嘯而過，她從沒有像此刻這樣瀕臨生命危險，但也沒有像此刻，心境如此清明。

她已經為這段感情，低到入了土，曾經女王般耀眼的她，一切委屈求全，依舊被踐踏著，幾乎已經什麼都不剩了……

她邊走、邊拐著，最後乾脆脫下鞋子光腳走著，朝休息站的方向。有點距離，但她自己與真實的內心距離更加遙遠，沒關係，掉了淚，擦乾，繼續。

沒關係。

走了幾公里回到休息站，問了服務臺離開的方法，有客運。

滿腳傷口上了車，可以離開了，能夠回去了。

可是她要怎麼離開？又回哪去？她發不出的求救訊號，有誰能收到？

小莎花了快四個小時才回到醫院，她不敢回喬治王幫她租的小套房，胡亂找個醫院空的值班室。裹在棉被裡，無聲哭泣。

真的該分手了。

該，愛自己了。

‡　‡

第三者應該就是那個前女友，考前兩晚，對方傳來威脅訊息：「在愛裡，不被愛的才是第三者。」完全復刻當年的自己，耀武揚威。

小莎苦笑，轉訊息給喬治媽後，關上手機。

分手吧！

考前一天開放參觀考場，小莎試探的問之之跟緹娜要不要一起去，順便入住飯店，卻得到個軟釘子。小莎知道自己「有異性沒人性」的過往歷史，要緹娜她們原諒自然很難，她認了。

那就自己去看考場、自己入住飯店吧！

什麼？飯店沒有紀錄！明明半年前三個人一起訂好的啊。

她正焦頭爛額想跟櫃臺哀求，緹娜與之之經過。緹娜聽了後，沒說什麼就走了。之之則小聲的說：「那時我們訂完房，有說要先匯訂金才成功，妳可能在忙，沒聽到……」說完也跟著離開。

小莎深感現世報的降臨之快，只能苦笑。

明天就要醫師國考了，她們準備了幾年就為這一刻啊！結果今晚她可能要露宿街頭……畢竟這方圓百里的飯店都住滿北區的應試考生，哪還有機會找到空房。她拖著行李走了好幾條街，總算在一個滿是煙味的賓館找到空房，考前複習資料她也丟在一旁，沒心情念了。

被孤絕於世，她的求救訊號越來越弱……

隔天倉促考完，落荒而逃離開旅館，沒想到在回程車上，更荒謬的事發生了。

她想到許久沒打開的手機，才一開機，立刻被訊息灌爆！大多都是喬治王的各種咒罵跟已經看不懂的嘮叨，但其中有個沒見過的號碼引起她注意。

打開來聽，是語音留言，竟然是喬治媽——那個光鮮亮麗、自命不凡的喬治媽瘋狂咒罵的留言！

原來喬治媽收到小三嗆聲的簡訊後，不是反省自己教的好兒子品格失常，卻反過來瘋狂打爆小莎的手機！見小莎完全沒接，老人家氣急敗壞的，不知道已經進入了語音信箱，還不知道是跟誰邊抱怨邊痛罵小莎，這一切都被錄了下來。

小莎聽到各種難以想像、不入流的字眼，一一從那擦著資生堂口紅的嘴流洩而出。感到傻眼、啼笑皆非、瞠目結舌！

「這個臭查母以為自己是誰啊！可以這樣掛我電話！有小三就要分手？和我兒子交往還是她高攀呢，現在說要分手？我還帶她去給大家看，叫我怎麼解釋啦！是不能留校察看喔？男人難免嘛！給她臉還不要臉！」

小莎把電話留言，保留備份，確定。笑出來的同時流下了淚。

是她瘋了嗎？還是她沒瘋、別人瘋？這份檔案存著，能夠證明嗎？還是只有讓痛苦更痛、而那聲微弱到不能再弱、低下到了不能再低的「救我」，再也傳不出去。

〈這樣的我，你還要愛嗎？

等待國考放榜期間，之之去看了精神科醫師，接著轉給心理諮詢，自費花了八千元。她心中的怨、愧疚、不捨，如同一道巨大的牆，即將把她壓垮。自費花下去前，她不知是否真有效果；花下去後，或許是因為消費者身分效應，她真的覺得有效。

每次面談一小時，總共八小時下來，她流了八小時的淚。而諮詢師重複的講了八小時：「妳沒有錯，如果母親還在，她也不會改。」

心中了然。

她結束最後一次面談，走出診間，看向天空，該好好過生活了。首先，她不知道要怎麼面對回頭找她、陪伴她進行喪禮，在她最混亂失落的時刻給她支持力量的，小蟲。

小蟲見過她跟母親交惡最嚴重的那段時刻，也因為這樣，她只能硬著頭皮跟小蟲分手，不然再爭吵下去，她跟母親兩敗俱傷。這是當時她的想法，心裡那個需求愛、渴望母親永遠溫柔的小孩，懦弱退卻的想法。

如今，綑綁住她、如同用五指山壓住孫悟空的那尊如來佛，那個不可冒犯的母親，已經不在了……

建議搭配音樂
張惠妹．〈這樣你還要愛我嗎〉

「我這樣想會不會很惡劣？好像……終於沒人管的小孩？」之之疑惑的問諮詢師。

諮詢師答：「妳說的是『物理上』的不在，但妳有沒有想過，真正『精神上』的不在，其實更重要？」

她突然被點醒！如果還母親活著時，能清楚表述自己的要求、人生規畫、設想所有後果、以及準備好面對的心態，不要全盤接受母親的抗議刁難，有自己的判斷，不就不再害怕了嗎？精神上不再被壓抑，就可以用自己想要的方式愛自己，而不是被動期望對方能改、能認錯、能行動，這比什麼都還重要！

之之瞬間從牢籠中站起！看著囚禁她的圍籬化為烏有，雖然遲疑，但也只有一秒，她決定要踏出腳步！

之之問：「你看過之前被負面情緒抓住的我，這樣你還要愛我嗎？」

小蟲看著她。

之之繼續說：「我會無法控制的想把負面情緒宣洩出來，甚至傷害到最親近的人，也在所不惜……我覺得很痛苦，但沒有去理解、好好安撫自己，只想把之前被對待的痛苦像毒蛇噴發液體，到處傷害……我當時沒能勇敢，傷了你，我把自己應該負責的勇敢推卸給你，推卸給我母親，硬生生分了手，這樣，你還要愛我嗎？」

小蟲看著她，喉結動了一下。

之之如臨大敵，緊繃住了背，豎耳，等著。

我喜歡靜靜看你受傷

看你甘心卸下的翅膀
最好也忘記怎麼說話
做我的收藏

你有光芒 就有變化
讓我感覺 害怕
我都誠實說了

這樣你還要 還要愛我嗎
連我的妄想也愛著
這樣你還要 還要愛我嗎
我不要回答 我只要聽……

‡ ‡

緹娜考完國考還有一些空閒時間，要回收實習期間的認證時數，看了護照上的登記時數，發現還缺急診的幾項認證，趁有空去找急診學長，也算是定一定混亂的心。

她好久沒遇見之之跟小莎，之前三人在一起有聊不完的天，還可以一起商量大小瑣事。她不知道要怎麼選擇，不管是選擇之後要走的科別，或是眼前一晃而過的，阿鬼。

科別，是因為她想走那該死的、唯一有觸動感、唯一想選的外科。「有為者應若是」，如同黑道家族廳堂上用粗獷字體寫的匾額。從那天她值班，發現遲發性內出血病人，轉給外科扭轉乾坤後，就高掛在她心上。

她一個女生選了外科，還能正常結婚生小孩嗎？看到外科只有一個學姐後來也離職，其他學長們背後，都有一票哀怨的偽單親老婆們，她很怕啊，該怎麼辦才好？選了之後，如果醫學中心走不下去，她學了一身開刀武功還能去哪？在小診所是絕對無用武之地的，啊……好煩惱啊！她為何不喜歡個能出來開業的小科別就好……可是她才二十四歲，正能打拚的年紀，不在此時，更待何時？

她在急診晃來晃去，預計要收集足夠的外傷處理個案，還欠折外固定、胸管……心裡煩惱著阿鬼即將出國遠行，各種煩惱交織……怎麼就突然看到阿鬼一臉冏相，出現在她面前。

「幹麼？」

阿鬼之前才說國考完就要等出國，搭醫療船環遊世界。雖然貌似跟她告白了，緹娜卻沒有勇氣接受，現在是要來逼問她嗎？

「掛號。」阿鬼癟嘴，左手捏著右手掌：「我手被門夾到，好像骨折了。」

啥？！

‡ ‡

阿鬼被泌尿科的福好哥學長拜託：「學弟，我們捐精室的人員最近調走，需要有個幫忙顧櫃臺的，你可以來幫忙打工幾天嗎？」

阿鬼大驚：「捐、捐精?!」馬上心中浮現他D槽內收藏的那些「引人遐想」的影片，結結巴巴的問：「我、我去是要幫忙捐精者嗎？」

福好哥沒意會過來，點頭：「嘿呀。」

阿鬼立刻哭喪著臉：「不、不要啦！學長，賣相害，我沒辦法幫啦！」說完，手還握圈在空中，做了上下搖晃的動作。

福好哥大爆笑：「靠杯！不是那種幫忙啦！叫你坐在捐精室外的櫃臺而已，引導捐完的人把精液收集好，誰會叫你去『幫忙』啦！」

阿鬼一整個臉紅（〃▽〃）。

捐精室就是一個簡單的空房間，沙發，幾本雜誌，牆上本來有電視的，看來被拔掉了，只剩接頭，喔！還有重要的——一盒面紙。

福好哥帶阿鬼參觀，簡單說明。

阿鬼好奇：「咦？沒有電視嗎？我以為……」

福好哥說：「電視上都這樣演的吧？拆掉啦！其實之前是有，還可以選放影片咧！結果太常卡住故障，每次都被抱怨，說民眾『進行到一半』，抗議說不能看要維修什麼的，很煩啊！現在都叫大家自己帶手機了。」

阿鬼順手瞄一眼雜誌，嚇一跳：「天啊！這個雜誌也……」

九〇年代高腰泳裝搭配褪色印刷，誰看得下去！

「太舊齁～左邊數來第三本裡面，還有五頁被黏住了咧。」福好哥頭也不回的走出去。

阿鬼跟上，心中突然「嗯？」了一聲。學長怎麼都知道？是看過還是……

阿鬼就這麼糊里糊塗的開始在捐精室門口打工，引導民眾入內、登記使用時間、如果太久沒繳械時，還要敲門確認是不是有什麼障礙或根本睡著了等。

偏偏事情就發生在那天，福好哥氣急敗壞衝過來，朝阿鬼雙手合十猛拜託。

「學弟，拜託，幫忙一下！」

原來福好哥的科內團隊正在進行專案研究實驗，需要收集符合年紀、身材條件的捐贈者精蟲，偏偏快要結案了，今天預約的人竟突然取消！

福好哥說：「學弟，可以拜託捐一份給我們嗎？看來年輕力壯的就你了啊！學長們的已經不能用了啊，我自己的在顯微鏡下看，都已經『風中蟾蜍』了啊……」

如此殘酷直白的真心請求，要是拒絕，阿鬼還是人嗎？只好硬著頭皮答應了！

阿鬼拿著裝精液的小瓶子，看了一下收案時間，要在中午前完成，齁，這有點趕！沒關係，他可以！瀟灑的轉身進入捐精室，用力一關門——啪！

「啊～～」右手來不及縮，手指被夾！到！了！還！斷！掉！了！

阿鬼在眾人爆笑下，無奈的講完以上過程，急診主治笑到邊擦淚邊看X光：「學弟，你自我診斷正確捏，真的骨折了！」

阿鬼哭喪著臉：「因為我有聽到『啪』的一聲啊……」還好骨科看過，先不用開刀，石膏固定就好。

緹娜啼笑皆非：「我真服了你，你是知道我急診還缺石膏固定的個案數，來幫我充量的是不是？」

他倆在石膏室內，緹娜一層一層摺疊好石膏布，浸水，上模，捆紗布跟繃帶，受傷的是右手小指頭，整個包成翹小指的樣子。

阿鬼讚嘆：「妳真厲害耶，這些動手的處理，說真的，妳應該走外科的。」

緹娜回答：「那還用你說……」

阿鬼立刻接話：「妳也應該答應我的:)」

緹娜臉一紅：「屁啦……我……」我怎麼好意思……其實，緹娜自己有心魔卡著，外科另一半的生活有多悲慘，實習醫師跟在學長身邊，看得最清楚了！她不敢確定自己在高壓的外科，還有力量去經營個人生活，甚至兩人世界。

她超自卑的，但還是嘴硬：「我如果真的選外科，還有誰要娶我？」

阿鬼說：「我啊。」

緹娜整個羞到超想殺人，作勢拿起旁邊的骨科石膏電鋸：「你再亂講試試！」

阿鬼邊笑邊擋：「好，我不講了！」

緹娜近身，幫阿鬼綁上三角巾，雙手環繞脖子時，阿鬼在她耳邊輕聲說：「我知道妳需要時間，現在光是人生路走到這個關卡，要打的魔王太多，妳會怕，我知道。我出國大概要一年，我會進步，我會等妳更有自信，勇敢堅持妳想要的。妳慢慢想，等我，我也等妳，好嗎？」說完一吻，離開。

留下緹娜，臉紅到腦漿炸裂。

‡ ‡

考完試，緹娜總算有空見之之一面，兩人在咖啡店絮絮叨叨，聊了好多。之之坦白考前那段痛苦的心路歷程，緹娜說了她面對未來的選擇茫然與恐懼。緹娜伸手拍拍之之的手背，之之低頭沉默，開始落淚……這些日子以來，之之第一次在朋友面前講出長久以來母女的糾結，還有那些抹不去的急救畫面。緹娜挪了座位伸手，環抱之之。

之之也提到自己可能會勇敢向小蟲告白，緹娜心中憋著阿鬼的事，百轉千迴……之之一笑，直接點出阿鬼的用心眾人皆知，她們這些緹娜的朋友更是千般祝福。

緹娜一震。

她們，都在努力啊。

努力決定著要不要跨出那一步，一步，就是命運。

一步天堂，一步地獄。

那一步，需要多少信心。

‡ ‡

阿鬼石膏打完，繼續回去捐精。

「有沒有搞錯啊！你手都變這樣了，難不成你要用左手？」急診室眾人爆笑有之、吐槽有之。

阿鬼用右手石膏敬了個禮：「我是右手派的！永遠忠實！」

全場笑瘋XD

緹娜從石膏室走出後，羞到掩面！一秒前才耍帥，其實根本是耍寶天王！

‡ ‡

之之問小蟲：「我當時沒能勇敢，這樣你還要愛我嗎？」

她已經做好最壞打算，會被拒絕是應該的吧，誰會想選擇這樣的對象？已經完全沒有一點美好純淨的形象了。

她整個人已經被慢慢淹上的黑暗潮水掩蓋，預期會被拒絕的傷，不知道要花多久時間去療癒，但她必須給自己最後一次機會，就算會被……

小蟲嘴一抿，開口：「當然。」

Unconditionally。

微笑。

於是有光。

無怨無悔，無怨無悔（Unconditional, unconditionally）
我無怨無悔的愛上了你（I will love you unconditionally）
現在已無所畏懼（There is no fear now）
為了愛就放手一搏吧（Let go and just be free）
我無怨無悔的愛上了你（I will love you unconditionally）

建議搭配音樂
凱蒂・佩芮（Katy Perry）・〈Unconditionally〉

所以來吧，就像你對我那樣（So come just as you are to me）
不需要感到愧疚（Don't need apologies）
我知道你絕對值得（Know that you are all worthy）
我會承受你的不完美，記住你的善良（I'll take your bad days with your good）
穿越狂風暴雨，朝你前進（Walk through the storm I would）
我所做的一切都是因為我愛你（I do it all because I love you）
我愛你（I love you）

你要自己大喊「不可以」！

小莎如石化般僵在急診床邊，從頭到腳冷汗流得像被潑了桶冰水，讓她直發抖。放榜成績還沒公布的空檔，她不想聯絡之之跟緹娜，但男友喬治王連同喬治媽那邊瘋狂的壓力，已經思考僵化的她，無法反抗。

她半是為了躲避、半是之前護理的幾個同事推派，接下了急診家暴婦女的處置計畫，拍攝衛教影片跟協助案例問診流程。社福科的花姐二十四小時輪值，隨call隨到，也會帶上她，一起去詢問這些被通報家暴的個案。

這真是人生中最最諷刺的時刻了。

誰能想像得到？白袍筆挺、淡妝亮麗、巧笑倩兮的女醫師，站在床邊熟練的陪同驗傷、採證、攝影記錄，還領著整個攝影組，在衛教公益影片裡口齒清晰、背誦臺詞，這位談吐不俗的女醫師，小莎，自己正是被家暴的一員。

個案絮絮叨叨：「他只要一喝酒、脾氣上來，就打我出氣。」

昨晚小莎才又被踹肚子，因為聽說喬治王承接的國際會議流程趕不及，即將出包，壓力大到暴走。

個案指著左手外側的疤痕：「上次這邊被他拿板凳打到骨折，才剛開完刀。」

建議搭配音樂
《底特律：變人》（Detroit: Become Human）．〈Kara Main Theme〉

小莎右手隱隱強壓住自己左手同樣的地方，左手前臂尺骨側，骨科才上過課，又叫作Nightstick fracture，是防禦姿勢下常被打到的位置，常見在被警棍打的傷者身上。

個案焦慮、話無邏輯、不斷跳針：「我怎麼這樣苦命啦，我為他做牛做馬，他答應過我的……」

小莎想起自己在拳打腳踢之下，勉強護住臉跟右手，這是她必須維持的門面。她好害怕，好後悔，好懊惱，覺得自己好低賤……除了穿著一身套裝跟白袍，她跟躺著的病人有什麼差別？

「都是那個男人害的。」

都是那個男人害的。

心底的聲音，跟病人口中吐出的話同步共鳴。

其實小莎不是沒有反省過，但當初愛得高調，跟朋友又決裂得慘，她就如同為了證明自己，硬是要一頭栽進陷阱裡的兔子般，現在深陷絕境。

她從訪談室櫃子裡的書中看到一段❼：「恐怖情人可怕之處，在於長期以言語羞辱伴侶、打擊對方自尊，讓人從優秀自信的女生開始漸漸懷疑自己的價值，整個人弱化到看不清真相、不敢求助，甚至到需要看心理醫生的地步。

「一路人生勝利組的好女生，有一回她無意間透露，自己曾在臺大念書時遇過會動

❼ 出處：〈恐怖情人逼我逃　臺大休學一年〉，陳怡君，上報。

手打她、踹她的惡男友，交往的兩年內，她寧願自己面對暴力威脅也不敢告訴好友、父母，甚至在回南部家中時刻意隱瞞，直到母親看到好好的女兒越來越委靡，越來越沒自信，甚至腳上有說不清原因的瘀青，心生疑惑，才把她從臺北硬拎著回家中休養。」

小莎顫抖著把書放回，一字一句根本是她的寫照！她用盡全力隱藏好的，怎麼能在這時被揭穿！但是她維持得好累，說了也沒有人會相信的……

喬治王也威脅過她：「敢講出去，就讓妳在醫界無法立足！」

她試著在匿名版上尋求共鳴，但才描述完自己跟男方剪不斷理還亂的前因，就已經有人留言了：「這個女的也很爛。」她的發聲就這樣被硬生生鯁住……

曾經，她也意氣風發，如今只要男方一通電話或簡訊，她就整個嚇到發抖；曾經，她覺得世界都聽她的，如今只要夜幕低垂，她就沮喪到直盯著窗子，不停想要一躍而下……

白天的工作還能繼續，哈拉應對都看似正常，但這已經耗掉她所有心力，小莎覺得自己快要不是自己。不能告訴期盼著畢業後光耀門楣的家人；愛酸言酸語，說她釣到金龜婿、已經是半個醫師娘的同事更不能講。

她維持表面一切正常，團體訂餐也算上一份，裝作咀嚼入口的食物，再藉機去廁所催吐，嘔乾一切，她無法吞下的一切，水流開得老大聲，遮掉可疑的聲音，再洗把臉振作，掛上微笑，回到座位。

她還能跟誰說？

緹娜在急診遇過小莎幾次，查覺異狀。幾次想喚住她，小莎都忙著照顧個案或藉口還有拍攝的逃開。

緹娜打電話問之之：「妳多久沒見到小莎了？」

之之說考完試後都沒遇到。

兩人比對注意到的部分，之之慢慢將她知道的，小莎跟喬治王的部分問題說了出來。緹娜氣到拳打桌面！她倆之前的心結過節都一筆勾銷，沒有什麼比好好一個人被這樣欺負更可惡的了！

但這種事情很難直接當面講，急診看多了，緹娜也不是當年那個除了滿腔熱血、啥都沒有的傻女孩。她得想想怎麼幫小莎。

‡　‡

在一次又是急診處理家暴婦女的現場，小莎無論如何都躲不掉緹娜了。

「當事人認清事實就是第一步。」緹娜走到小莎旁，意有所指的說。「否則這樣的悲劇不只會一再重演，還會傷到最無辜的人。」

之前左手骨折的個案又被送來了，這次不同的是，多了一個一起挨揍的小女兒，小小瘦瘦的身軀，滿是黑青，眼神充滿恐懼……小莎無法形容自己的憤怒有多強烈！

被揍到鼻青臉腫的個案又要重複那一千零一次：「我先生本來對我很好，但只要……」

小莎停下幫小女兒擦藥的動作，雙手發抖。

緹娜先出聲了：「這位太太，妳辛苦了，我知道，一直都不容易。但如果妳再不認清事實，下次可能不是妳或女兒受傷，而是送來兩具屍體。我之前做過兒虐研究，初期受害者家庭就像你們這樣，一步步的萬劫不復。」

驚！

個案本想辯駁什麼，被這句話驚訝到瞬間沉默。一旁仔細聽著的小莎，也是手一抖，拿的東西差點鬆掉。

「有可能……這麼嚴重嗎？」個案問著，不自覺抱緊小女兒。

小莎也在心底悄悄問著。

緹娜說：「這已經是長久累積的事了吧，妳跟先生有長期無法解決的問題，他第一次動手，妳以為是誤會；他事後道歉、答應會改，妳也相信；確實改了一陣子，直到問題又出現，他又用同樣的暴力方式對妳。這樣的悲劇一再重演，最後波及最無辜的人。」邊說，緹娜心疼的摸摸小女孩的頭。「妳知道嗎？妳應該在第一次就嚴厲的反抗，而不是步步退讓到不只傷害了自己，還傷害到妳最愛的人。隨時都可以改變，第一步先從認清事實開始，妳要自己勇敢拒絕，大喊不可以！我們有整個社福跟警察局的人都可以幫妳，至少先讓我們幫妳，好嗎？」

個案將頭埋在小女孩的脖子後，肩膀開始慢慢顫抖，然後是嗚咽的哭聲。

「拜託，救我……救救我們……」

不改變就可能會死，這樣的恐懼終於壓垮了一切，求救的聲音終於傳出來，社工師拍拍個案的背，點頭向緹娜跟小莎示意，帶母女走到獨立洽談室內，看來有很長的話要談。

小莎看著她們離開的背影，欲言又止。冰封之層有什麼裂開了的聲音，劈啦。

小莎想要，想要說些什麼！

就在這時，急診門口傳來喧鬧，夾雜著男子咆哮與觀察床隔間拉簾被一一「唰！」的拉開。一時之間怨聲載道、爭執聲四起。

身處急診後方的小莎和緹娜抬頭張望，竟然是剛才個案的先生追殺到急診來堵人，搶老婆跟小孩！酒氣沖天、滿臉脹紅的大肚腩中年，邊胡言亂語邊拉開床簾找老婆，口中吐著不入流的話，還威脅：「給我找到，妳就死定了！」

急診前臺的檢傷已經衝去找警衛了，偏偏後方的護理人員跟病人家屬還不清楚狀況，各個左顧右盼、陷入慌亂。

小莎一個箭步衝出去吼道：「先生，你不可以這樣！這裡是急診，大家都生病在休息，你如果不是相關家屬，就請出去！」

醉漢一個火大，揮拳要揍！被小莎一躲閃開，空拳揍到螢幕，桌面的電線插頭亂飛！緹娜衝上去攔腰勾起小莎到一邊，練過合氣道的她順勢腳踢醉漢摺倒後，四周的人連同趕來的警衛，瞬間以疊羅漢方式壓制醉漢，又用約束帶五花大綁，加上一針鎮定乖乖針，立刻暴龍也變小綿羊！

就在大家扛醉漢到床上時，醉漢口袋滾出了一把蝴蝶刀！還好剛剛才把個案母女轉到個別諮詢室內，還好剛才沒人掛彩！驚心動魄的時刻回神，緹娜轉頭看小莎，兩人竟都有死裡逃生的體悟。

小莎低頭看著自己的雙手，心跳得好快，不敢動彈。

緹娜跟旁邊的護理師交代著什麼，轉頭看小莎：「怎麼了，還好吧？」。

小莎搖搖頭，不好，不是，不對，不行。說不出口，但已經卡在舌尖了，她想要說……

兩人走進休息間，裂開來的冰層，如同暖化下的冰山，終於紛紛坍塌。小莎開始訴說這陣子遭受的難過，承認一切已超出負荷，自食當初種下的惡果，讓眾人一起踩踏跟唾棄她的所有。

緹娜溫暖的手覆上小莎的手背：「我之前為了很無謂的事情，考題題庫那些的，跟妳起衝突，真的很對不起。妳最近看來心情很不好，是擔心國考成績還是什麼？至少希望妳能開心一點。」

就只是，關心。

小莎揚睫，卻已沾滿淚珠，倒讓緹娜有點慌了。

「怎麼，真的考那麼糟？哎呀，我查了說有幾題爭議題目，可以去爭取考委會加分的，應該還有希望。還是剛剛的騷動嚇到了？倒是我，才被妳嚇到咧，就這樣衝出去！」

小莎再次低頭，淚水已撲簌簌的掉：「不是那個，是妳剛剛說的那個……」

「蛤？哪個？」緹娜一臉懵。

小莎忍不住笑出來，臉頰還掛著淚水，又笑又哭的：「不是國考分數，是妳剛剛跟個案講的那些話。」

那些話戳到了小莎內心深處，開始止不住的哭泣。緹娜一把抱過小莎，任由小莎哭著，自己也紅了眼眶。之之說，小莎後來跟喬治王相處有問題，卻無法開口。

如果無法說，那就陪伴吧。

小莎哭著：「拜託，幫幫我，我每一次都想大喊『不可以』！可是沒有人幫我！拜託！幫我！」

冰山終於完全溶解。

小劉醫師說

本文之建議搭配音樂，來自《底特律：變人》。這是一款有三條支線劇情的電動遊戲。時空設定為仿真機器人充斥的未來社會，人類對機器人依賴，卻又帶有偏見，歧視甚至虐待機器人。

卡拉身為家事機器人，負責照顧一個失婚先生及其女兒，最後察覺先生家暴，帶著女兒展開逃命。故事中的每一個決定都會改變結局，為了那最後一絲自由而努力至最後一刻的奮鬥，感動無數人。遊戲推出後，更有女玩家受卡拉故事的啟發，逃離家暴陰影。

結局中，卡拉身陷機器人集中營，遭遇到非人對待，相對照於歷史，有著無數感慨的相似點與借鏡。

〈 玩火一定會自焚嗎？

聽著小莎娓娓道來，之之心疼的落淚，緹娜氣憤到發抖。她們都是受過高等教育的優秀女孩，都有各自生命上抉擇與抗壓的考驗點，但沒人應該受到這種對待。沒有人。

這個地球上沒有任何人應該被這樣對待。

放榜在即，各自將要選擇的科別跟醫院大致已經有譜，緹娜咬牙選了外科，之之則出乎大家意料的選了兒科，唯獨小莎因為這些紛擾，幾乎無心盤算，勉強瞄了眼其他縣市的醫院招募資料，選了家醫科。

她只想解脫。

玩火自焚，她要負起責任。自責、自毀、還有憤怒。

瘋了，這危險讓我抓狂（Insane, inside the danger gets me high）
無法控制，滿懷祕密（Can't help myself got secrets I can't tell）
我愛上汽油的味道（I love the smell of gasoline）
我點燃火柴享受那灼熱（I light the match to taste the heat）

建議搭配音樂
Sam Tinnesz・〈Play With Fire〉

我就愛玩火自焚（I've always liked to play with fire）
瀕臨急速邊緣（I ride the edge, my speed goes in the red）
熱血沸騰，愛上他人的痛苦（Hot blood , these veins, my pleasure is their pain）
看著高樓起高樓塌（I love to watch the castles burn）
看著燦爛的一切毀滅（These golden ashes turn to dirt）

偏偏，喬治王不放手——因為還有利用價值。

劈腿、動手，交往同時還騙其他女護理師說，自己已對小莎沒感覺，是女方死纏爛打，從每日手機的簡訊、護理站姐妹偷偷撞見的告密，一一被揭穿。

回想光著腳追逐、喬治媽電話騷擾，還有無止盡的恐嚇。

緹娜憤恨：「我就去醫教會爆料，看他還有沒有臉撐下去！」

小莎拚命搖頭，抓住她：「不要，他說過，我要是講出來，會讓我在醫界無立足之地。」

之之無奈看著小莎嘆氣，柔聲道：「喬治王還要妳幫忙醫學會議，對不對？」

小莎點頭。

之之說：「那就交給我們吧！」

小莎紅著眼眶，抽動鼻頭，她真的可以順利脫身嗎？

緹娜拍拍她肩：「沒問題的。」

所有想要改變的，都能從現在開始改變，只要真心。

之之想到自己與內心的傷痕和解，勇敢改變，跟小蟲順利復合，她每日都慢慢學到對「愛」的理解；緹娜想到阿鬼離開在即、最後講的那些話，她自己的猶豫，不只是全賴給將來自己選外科這樣的藉口，更多的是，她終於知道自己沒有自以為的那麼有自信。

生命的風吹動著，前進，前進，前進。現在她們要團結，接住陷落的朋友，牽著她伸出求援的手，一起前進。

‡　‡

喬治王在刀房暴怒，他之前交代小莎去接洽公關公司的事，都沒下文。小莎現在整個人間蒸發！

公關回報，有些事情好像處理完了，像國內外近百名教授級講師的聯繫。可是會場內共六個演講廳，連續三天同時展開的演講場次，好像會場設備還是演講排程出了點問題。

真是有夠爛！隔天就要舉行了，處理點小事都沒辦法？欠罵！現在是要玩火自焚了嗎？

他沒有一點自覺與反省。

刀房內，舊的這批實習醫師已經國考完，大多沒再出現，新一批實習醫師還沒來，有個空窗期，沒想到想走外科的緹娜晃進來，自告奮勇要在旁見習。

喬治王開刀時，手機鈴聲一直不斷，原來是會議相關人士都像無頭蒼蠅般，不斷來詢問各種瑣事。要知道，外科醫師開刀最忌諱被打斷。

喬治王火大到對電話咆哮：「我現在在忙，不要吵了！」

旁邊的流動護士只好把電話拿遠點。

下刀後，電話安安靜靜的，喬治王正慶幸終於有片刻安寧，沒想到刀房內的電話開始響了：會場投影機故障、播放的電腦不夠用、幻燈片格式要改、主講者找不到明天演講廳在哪、國外賓客說旅館入住有問題……

「全部都自己想辦法啦！缺什麼東西醫院辦公室的借來用，不要連這些都煩我！」

簡直要崩潰了！喬治王一心只想著晚上的開幕宴是他主持，心中浮現璀鳳主任對他說：「這次會議好好辦，錢當然能省則省，之後我升副院長，就換你搬到我現在這位置，懂吧？」

本來計畫得好好的，怎能功虧一簣？他晚點要打電話好好痛罵公關公司，跟擺爛的小莎。

正想著，電話又來了，說開幕會場要幫忙播放的現場工作人員不足，真是一個比一個糟！

這時，一旁的緹娜自告奮勇：「我可以找同學幫忙！」

「好，就交給妳了，多找些人啊！」喬治王頭也不回，抓著手機就跑，趕往宴會場。

殊不知，這將是他最悲劇的一晚！

緹娜拉著之之跟阿鬼，扛著準備好的電腦設備，來到宴會場。

西裝筆挺的喬治王正在處理其他事，焦頭爛額。聽到不少參加的醫師抱怨，白天的演講會場簡直如戰場般混亂，還有演講場次被迫取消。她們互看一眼，依照約定分頭行動。

請來的樂團據說為了讓外國嘉賓能體驗到臺灣特色，特地請來原住民歌手，嘹亮的嗓音成為觥籌交錯的背景音。

之之湊到舞臺邊遞給歌手紙條，歌手看了歌名後大笑，點頭比ＯＫ。果然如小莎說：「喬治王只說要找哪類樂團，歌曲細節他都不管，更不用說，他其實根本不在意哪個族要唱哪種歌。」

上餐到一個段落，賓客開始起身進入舞池，由歌手引導跳原住民舞，喬治王勉強抽身上臺，邊擦汗邊鎮定神色主持。這時，緹娜跟阿鬼將投影背景接上他們扛來的筆電，放送出音樂歌單。喬治王牽起主任跟外國教授的手，等待音樂響起。

賭爛！哈哈哈！啦魯嗓！
好久沒有給你看到啦！你哪裡去啦你！
有啦！有啦！有啦！我有還在呼吸啦！
杜賴，你有空就過來我的家裡聊聊天

建議搭配音樂
北原山貓．〈有空來玩〉

我的家住在太麻里隔壁，過了斯巴洋那邊的大蘭橋，
不要煩惱我是哪個朋友
想要更多的了解不要客氣，像我這樣的山地人到哪裡找
來到這裡聊聊天沒什麼好招待，喝杯稻香綠茶沒問題，
哈哈哈！賭爛賭爛！啦魯嗓！我的家已經搬到太麻里隔壁啦！

跳著跳著，開始聽懂歌詞的人露出微妙的笑容，瓏鳳主任在聽到第三次「太麻里隔壁」跟「大蘭橋」時，臉一黑、歪頭對喬治王低語，一旁的外國教授還開心的跟著娜魯灣的節奏左踢右踢。喬治王這時才隱隱感覺到有些不對勁，抬頭往後方中控臺張望，只見人頭晃動，他只能陪笑回應。

好不容易在全場聽得懂中文的人忍耐，聽不懂的人無比開心的詭異氣氛下，「太麻里隔壁」跟「大蘭橋」結束了，第二首歌出來，更妙了。

英文歌，所有人都聽懂了！

Fuck you
Fuck you very, very much
'Cause we hate what you do
And we hate your whole crew
So, please don't stay in touch

建議搭配音樂
莉莉・艾倫（Lily Allen）・〈Fuck You〉

喬治王察覺不對，重拾麥克風企圖打斷，開口介紹幾位重量級講者，臺下卻隱隱騷動，間或爆出幾聲驚嘆跟竊笑。

喬治王疑惑的抬頭，但投影燈直照著他雙眼睜不開。轉身揉眼後定睛，螢幕上不正是自己筆電的桌面嗎？……等等！會場畫面是拿他的筆電來放的?!那他的對話視窗不就都會跑出來了嗎！

果然，只見臉書頁面已經被打開，Telgram和Line的提醒對話小視窗不斷跳出來，還有其他設定開機後就會自動登入的對話軟體，全部大開！裡面滿滿是他把妹時的不堪言詞，甚至有同個護理站的護理姐妹，此時在臺下面面相覷。

艾妮、冰冰、姣雅跟林姐，有一堆動態傳愛心跟啾啾動態圖案：

「怎麼打電話給你都沒接啦～」

「什麼時候要過來，人家好想你。」

「上次你答應人家的……」

「害人家好難受……」

「好想把你吃掉！」

「哪天晚上來慶祝你榮登主任吧！」

「我當小三沒關係唷！」

緹娜在刀房趁亂接到喬治王同意可以扛辦公室的東西後，阿鬼直接拿了他辦公桌上的筆電，一群人又名正言順的接手宴會場中控臺，只見阿鬼一臉無辜，正對上喬治王驚嚇的眼神。

聳肩，怪我囉？

再轉頭，看到小莎被之之、緹娜左右夾著，在人群最外圍，對喬治王比了個中指！然後她們由阿鬼推著跑離會場，一把勾住親眼看到這一切的小莎，笑、嗆、轉身逃！

小莎的大波浪髮髮旋出完美的圓弧，起伏跳躍，眼尾瞥到僵立在舞臺上、此刻幾乎要尿褲子的喬治王，他幾乎握不住麥克風，背後不斷浮現他自己造的業，那一個個對話視窗。

終於嘶吼：「給！我！關！掉！」

來不及了！自焚的火，變成了一場璀璨的煙火，咻～蹦！

大家都看到了呢！（拍手）

小莎踩著略帶顫抖的腳步，頭也不回，如同英雄片主角背後爆炸，燃起熊熊怒火般，任由背後的一切崩毀，離開。

一切都結束了。

一切要開始了。

快！快跑！

一切都是全新的開始。

當晚，小莎結束生命史上最激烈的抗爭後，在朋友簇擁下離開會場。

事前她懵懵懂懂的聽緹娜跟之之、阿鬼討論計畫，一直無法聽進去，直到看他們合作無間，把萬人之上的喬治王整垮，還不惜一切的幫忙擋住可能的追究。

畢竟喬治王在現場看到搗亂的人不是小莎，而他哪關心過她的朋友是誰呢，再怎樣崩潰，也只能說這梯次的實習醫師真的很 malignancy❽。

但等冷靜之後，小莎開始害怕得發抖。她接下來要怎麼面對？躲得掉嗎？她租屋處的鑰匙，喬治王也有一份。他或許現在還在會場處理善後，但她要怎麼辦？悲觀思想又如同霧靄，整個湧上，包住全身……

突然，一隻手穿破迷霧，光芒四射的一把抓住她：「快！」

睜眼一看——是緹娜！還有之之關切的眼神！

緹娜說：「妳趕快回去收東西，要趕快離開！」

之之接口：「對，結業式的東西我們幫妳交給醫教會就好，手機、職員卡、還有教學護照那些。」

建議搭配音樂

《底特律：變人》（Detroit: Become Human）·〈Run with Me〉

什……麼？

緹娜催促：「妳還愣著幹什麼！會場那邊線報說，喬治王還在大發飆，妳趁這個機會把東西收好快離開，別讓喬治王逮到妳！」

之之說：「我們準備好了，妳不是已經查好要去的醫院資料了，等妳離開這邊，喬治王只能狐假虎威，再也威脅不到妳了。」

竟然連這個都想到了！

小莎雙手摀住嘴，熱淚盈眶：「謝謝……妳們都幫我設想好了！」她突然又倒抽一口氣：「可是我跟急診科的補課，還有三天記錄才完成……無論如何，我這禮拜還是有可能在醫院遇到……QQ」

緹娜跟之之面面相覷，阿鬼這時開口：「沒關係，我們幫妳擋！只要他出現或騷擾妳，我們隨call隨到，絕不會讓他有機會跟妳獨處！」

緹娜在前方拚命向她招手：「就這麼說定了！快、快跑！」

小莎用力點點頭，伸手牽住了她，一起穿過擁擠的看病人潮，靈活的在走道與病床間穿梭，這是他們待了好幾年、再熟悉不過的地方了，哪裡有密道暗門、轉送人員的小徑、清潔阿姨的快速通關，他們都瞭如指掌。

小莎跑得髮絲紛飛、卻邊跑邊笑，曾經攫住她的那些黑暗魔手，如今已被遙遙甩

❽ 惡性、惡質。醫學用語上指癌症。

脫在地平線那端！

角落是她曾跟喬治王偷偷約會的地方；那個護理站是他倆第一次相見的地點……回憶浮現的瞬間，也都一一甩在背後！她有力量，曾經有、現在也有、未來更有！有朋友、有支持，她真的要好好站起來奔跑了！

她進到租屋處，用最快速度把自己的東西掃入黑色大垃圾袋裡。緹娜跟之之幫忙裝箱，阿鬼在門外把風。

小莎把喬治王送的禮物全部狠狠丟進垃圾桶，桌上的合照拿出來撕個稀巴爛！緹娜不知從哪翻出一罐紅色噴漆，被小莎一把搶過，把喬治王所有衣櫃裡的衣服全部噴個過癮！

之之驚呆了，緹娜則笑到尖叫，最後女孩三人各提好幾個大袋子，奪門而出！阿鬼接過幾個看來最重的：「天啊，真不敢想像做這種事，如果不說，不知道的人還會以為我們是搶匪還是分屍集團！妳這袋子也太重了啊！」

帶不走的東西先分別放在之之跟緹娜的宿舍。最後，小莎總算拿起一直置之不理的醫院公務手機，果然上面有五十二通未接來電！想也知道是崩潰的喬治王氣急敗壞的狂打。

小莎大笑，開關一關、電池一拔！

去你媽的！再見！

如同經歷了長久的噩夢後醒來，突然眼前一切完全不同，自己之前怎麼會那麼傻呢？把自己的價值依附在別人身上，終究還是要面對面對自己。

一次次的容忍跟委屈求全，一晚晚的獨自淚流跟強顏歡笑，如果跟一個人真心相愛，不該是這樣的。

更不用說後來遇到那荒腔走板的暴力對待！她總算看清自己，多少次的合理化去圓自己心裡的謊。但現在，終於不用再隱瞞了。

「任何人都不該這樣被對待！」

‡　‡

跟晚宴上瘋傳的八卦同時炸開的，還有接下來三天學會活動的混亂。講師不知會場、聽眾不知節目調整，現場跟戰場一樣、公關完全沒有作用，主辦人喬治王臉黑到發亮，成為醫學史上臭名昭彰的一頁。

原本想找小莎興師問罪，手機被打爆沒電後，改打醫院總機，偏偏總機小姐是掌控整間醫院八卦流動的爆料公社，晚宴上的轟動、喬治王玩弄了多少女性同仁的噁爛事蹟，瞬間傳遍整個醫院。他累到只能倒頭在醫院值班室內補眠，時不時還接到璀鳳主任的咆哮電話。

很好很好！（再次鼓掌）

小莎剩下的三天，小心翼翼在急診角落完成自己的工作紀錄，躲得很好。急診會診各科醫師，如果可能是喬治王的班，只要她一通電話，之之、小莎跟阿鬼都會輪流出現在急診現場陪她，因此一次都沒遇到。

國考成績也公布了，他們全部 all pass，就連緹娜也低空驚險過關，大家都開始要往下一個人生關卡前進。

她聯絡上後續要apply的醫院了，分屍……喔不、分裝了好幾袋的行李也依序寄過去，最後只剩她平時代步的摩托車要托運。

已經是晚宴暴動後第三天了，依稀聽到或看到，參加會議的醫師在網路上大罵這次主辦單位失職，有些場次講師不知道會場、好不容易找到時完全沒有聽眾；有些場次聽眾擠不下然後大鬧；即時連線Live的手術demo故障，全場乾瞪眼等了四十分鐘，最後眾人碎念離場……

甘我屁事。

她抬頭挺胸了，想起曾經被稱為「女王」的綽號，忍不住失笑。

今天在急診外遇到之前被家暴先生揍的個案，她好訝異，對方變得完全不一樣了，不僅上了淡妝，牽著女兒，母女還在髮側別著一樣的花髮飾。

小莎猶豫著要不要打招呼，對方直接大方微笑點頭：「之前謝謝妳，已經提出了保護令，今天是來申請之前的診斷書的。」

小莎看著小女孩跳跳蹦蹦的裙擺，微笑揮手再見。

不一樣了，整個人有光！

終究是有最重要的需要守護，愛惜自己，愛惜家人，看著離去時不再徬徨的背影，小莎也轉身昂首，走向自己的路。

她走到員工機車停車場，準備把機車騎去託運，哼著小歌、三層鋼骨建築的機車停車場這時沒什麼人，只有門口管理員在播放著一萬零一次的賣藥電臺廣播。

小莎騎著車從斜坡上滑下、再滑下、就要轉出門口……突然一個黑影從旁竄出！是喬治王！竟然守在這堵她！

他擋在機車前方，雙手握住龍頭！看起來……本來小莎覺得憔悴了許多，但她心中只有一句感想：「真他媽的面目可憎啊！」

小莎心想，大庭廣眾的你能怎樣，要打電話烙人來也太慢……

喬治王生氣的問：「妳怎麼都不接我電話?!」

小莎回：「都分手了，還有啥好說的？」說完，喬治王跟小莎都一驚，竟然能嗆回去！

喬治王口氣放軟：「好，妳別鬧彆扭……妳也知道我學會出了大紕漏，都是妳……」

小莎立刻回嘴：「干我屁事！你有付薪水給我嗎？利用人還嫌不夠？」

喬治王又驚又呆的看著眼前不再小鳥依人、逆來順受的小莎，怎樣也想不通才短短幾天，怎麼變化如此之快！

喬治王解釋：「不是，我沒有要真的分手……」

小莎打斷他：「媽呀，憑你那些劈腿的醜態，我還會跟你復合？先生，搞清楚！Fool me once shame on you, fool me twice shame on me！你還有臉說這種話！」

喬治王急了：「妳也不用急著搬走啊，我們好好談談！」

小莎挑眉：「談你怎麼對我動手嗎？你不想在醫界立足了？」

喬治王雙手合十：「拜託妳不要講！不要這樣！我知道妳想怎樣……如果妳這麼想

結婚，我們馬上去公證！我知道妳一定會是個好媽媽，我甚至都想到妳抱著我們孩子的模樣了。」

小莎瞠目結舌，正色看向喬治王：「天啊！你以為我是為了跟你逼婚？你以為跟你結婚是什麼莫大恩賜，還幫你生小孩……天啊，你欠我的是一句道歉！我這些時間付出的真心跟努力，被你跟你媽這樣踐踏，現在居然還不知道你錯在哪，真的王八蛋到讓我佩服！」說完，爆笑出聲！機車油門催落，直直撞向喬治王！

如果是早幾個月還神智不清的小莎，聽到這句「去結婚」可能會感動到落淚。但現在的她整個清醒，更何況喬治王還用這麼施捨的口氣！

喬治王急忙說：「妳不要這樣、不要這樣！」

小莎尖叫，加重油門：「你他媽的放！手！」

用力一撞，整個機車飛奔出去，喬治王連忙閃開！

小莎心臟怦怦跳，回想剛發生的事，真是驚險又可笑！至於剛剛機車輪胎好像壓過了喬治王腳掌，那就不管了！

風呼呼吹，笑聲被包覆在口罩內，她的笑聲漸緩，開始回想這段期間所有的一切。她是真的愛過、用心與努力，這點她不後悔。只是在不對的人、不被珍惜、甚至不正確被對待的時刻下，她更要好好愛自己！

她要愛自己！再也不要被這樣對待了。

如果還有能夠愛人的機會，再也不要犯這樣的錯。

小莎騎往筆直的遠方。

‡ ‡

到了阿鬼要走的那天。

喬治王不知道怎的，說自己踩空樓梯、腳掌骨折，也沒力去追究當天會場搗亂的他們。

LUCKY～ヽ(◕◡◕ˋ)ノ

其他同學已經在學校辦過送別會了，今天只有緹娜送行。阿鬼從港務大樓過了海關，下手扶梯，回頭對送行的緹娜揮手。

原來搭郵輪出國也要過海關啊……緹娜心想。

她說不出口的那句，沒來得及傳入他耳中。

不要走。

阿鬼要先去南美洲，網路跟手機都不確定何時能通。緹娜目送阿鬼走上手扶梯、門關起後，失落與糾結的心再也壓抑不住，直踮腳尖，想看清楚阿鬼的身影……

之之與家庭的創傷和解；小莎華麗轉身去追尋自我；總是一馬當先的自己，怎麼會沒勇氣追求自己的感情？怎麼看不清她想要誰的陪伴？誰能讓她自在開心放聲大笑？誰一直在勇敢前進？她怎麼會放這樣的人離開？

突然，阿鬼的頭從甲板上探出，遠遠看到緹娜，瞬間笑開來揮手！緹娜沿著碼頭追著船，也拚命揮手！

她鼓起所有力氣，雙手撐作喇叭狀，深呼吸、對阿鬼大喊：「阿鬼！我願意！」

叭～～～～～～～船鳴震到耳鳴！

緹娜嚇到整個人彈起、雙手摀耳後抬頭張望，阿鬼也彎著腰，正在揉疼痛的耳朵。她剛剛喊的那聲完全被蓋過了！等再要換氣呼喊時，阿鬼的身影已經越來越小，看不見了……

緹娜獨自站在岸邊，終於，滴下了淚。

終章

過一天，愛一天

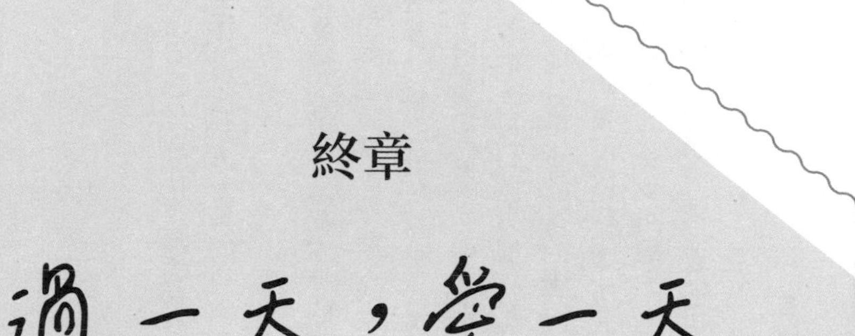

〈Here I am

放榜至今已經半年了。

小莎、之之跟緹娜分別在不同的新醫院，都待得不錯。

小莎經歷過那場噩夢後，真的彷彿夢醒，一切都不再困擾她；之之也跟小蟲交往順利，已論及婚嫁。

而緹娜，連愛神的箭都只能虛發的緹娜呀，自從阿鬼離開後，時不時收到他寄來的明信片，攤開世界地圖做上標記，環繞了地球一圈，讓緹娜好生羨慕。

毅然決然選擇外科的她，每天過著累到跟狗一樣的生活，開刀房裡各種所見所聞，果然在intern走馬看花時期、跟真的成為外科受訓住院醫師，是完全不一樣的！揭去幻想跟誤解的薄紗，每日體力與精神的高壓負荷，關上門後主治的咆哮，雙手浸入血水中的震撼，完成致命步驟後的虛脫汗流浹背……都好充實！緹娜不只一萬次告訴自己，能踏在成為外科醫師的路上，真是太好了！

只是常常拖著疲憊的腳步回宿舍，打開全黑房間內的一盞小燈，收到阿鬼寄來用自拍照印製的明信片。她想要跟他分享的每日感動與話語，都只能凝結在舌尖。

建議搭配音樂
碧昂絲（Beyoncé）·〈XO〉

船上wifi要收錢、好貴，只能省著用了。
不能太常上網，多了很多讀書的時間！
船好大，甚至會出現船頭下雨、船尾晴天的場景！
我到每個港口都會寄明信片給妳唷！
Wish you were here.

／

我們到了南非開普敦！
可以俯瞰整個港口。
好多人暈船，連我這船醫也是！
Wish you were here.

／

我們到了納米比亞，一邊沙漠一邊海，超特別的。
今天有人被船纜收起時回彈的力道打傷，還好我會外科縫合，是之前妳教我的。
Wish you were here.

／

經過加彭、喀麥隆，從船上就可以看到彷彿浮在半空的山，好酷！
有好幾個人吃壞肚子。
Wish you were here.

／

這是阿爾巴尼亞Durrësi, Durrës，大家都說帥哥美女超多。
但我不覺得耶，因為我心裡有覺得更可愛的人，哈哈。
Wish you were here.

／

到了加勒比海島國聖露西亞的港口維約堡，
好美的夕陽，有點像墾丁耶，回臺灣時我們一起去吧！
接下來要經過巴拿馬運河了。
Wish you were here.

／

中間去了趟英國，在皇家哈洛威學院，
猜猜我參加了誰的畢業典禮？小視！
他穿著學士服，一樣一頭全彩長髮走紅毯！
Wish you were here.

心都跟著神往飛翔了！一張張絕讚美景，一處處都是緹娜不熟的地點，她循著每個地名標記出航行的路徑，彷彿自己也跟著旅行，心中無限感嘆，也驚嘆著離開臺灣醫學系後，依舊發光發熱的同學！

世界好大！地球好美！還有那麼多的探險可以去！而且……每張結尾同樣的「Wish you were here」，讓心窩又甜又悸動……好想跟阿鬼說說話，可是就算網路連上線，簡單講幾句後，阿鬼也多半要匆忙掛斷去忙，或自己剛好時差，深夜沒空。

緹娜好想問，當時碼頭邊講的那句話有沒有聽到？但一時說不出口，後面就越說不出口……算了算之後的行程點，剛好她特休時，阿鬼會航行到越南蜆港，心中醞釀著某個計畫……

又過了好幾個月，收到之之的喜帖。之之電話中開心的聲音掩不住喜悅，真的很替她高興。

之之說：「約好了唷，妳跟小莎當我的伴娘，還要一起選婚紗！」

緹娜笑說：「好，沒問題！我已經把特休排好了。妳也要保養好才能上鏡頭呀！」

之之笑：「有、有，說到這個才好笑，上次我去打醫美雷射，猜我遇到誰？竟然是一元學弟耶！」

緹娜驚呼：「什麼？他去醫美了！妳該不會是給他打雷射吧？」

之之回答：「不是啦，我在他隔壁間，真是人生何處不相逢啊！」

一陣笑鬧，緹娜無比感嘆，至少去了個不太會出人命相關意外的領域，一元也算是找到自己的路了吧！

之之突然問：「是說……阿鬼呢，他什麼時候回臺灣？」

緹娜聲音有點低落：「他唷，我們都有聯絡啦，可是他好像要再延長半年……說船的航行臨時變動……」

之之苦笑：「是唷，你們真是……牛郎織女？一波三折？要等到何時、怎樣才能順利啊你們倆？」

緹娜癟嘴，心中的那個計畫越來越清晰！

‡ ‡

小莎來到豔陽高照的南國，每年暑假竟還會盛行登革熱，飲食都微微帶著甜味，讓她著實驚訝。更不用說醫學大學旁的整條影印街，她赫然發現，當年她苦心收集、鬥得你死我活、作為自己囊中物的整套國考解題，有一本本複印本就擺著販賣！

她一翻！果然是！

想起當年，對比現在簡單平靜的生活，喬治王那段黑歷史已成眼雲煙，不禁啞然失笑。

放下複印本、她已經懶得去想怎麼流出去的，造福學弟妹也很好啊！她現在可急著趕高鐵，去參加好友婚禮呢！

最近也聽說那個曾經不可一世、口口聲聲要他們醫生要有醫生樣的璀鳳主任，因為桃色新聞上了報紙頭條，令人啞然失笑……人生啊，真是什麼都有可能！

婚禮上，小莎跟緹娜穿著伴娘服趁空衝進新娘房，之之穿著白紗好美好美，三人又笑又鬧，一邊逗弄小蟲的伴郎團，吆喝人員帶位、幫之之跑進跑出。

當一切準備就緒、燈光全暗、放出音樂、照明打開投向開門進場的之之瞬間！螢幕投影出她與小蟲的回憶成長影片：之之與母親的合照、進醫學院時止不住的驕傲神情，與小莎和緹娜的出遊照片……一張張回憶、一幕幕感動。

最後是與小蟲的合照，之之充滿信賴與愛的倚靠著，小蟲回望，充滿寵溺的神情。

你的愛迸發出耀眼奪目的光芒（You love is bright as ever）
即使在陰影下仍清晰不已（Even in the shadows）
寶貝，吻我吧（Baby kiss me）
在他們熄滅所有燈光以前（Before the turn the lights out）
你的心正燃燒著熠熠花火（Your heart is glowing）
而我已經墜入你迷濛的雙眼中無法自拔（And I'm crashing into you）
親愛的，即使我的光芒被遮蔽了，也要繼續愛著我（Baby love me lights out）

之之一步步走向前；小莎在後頭幫忙攏著長長席地的裙襬；最後方的緹娜卻哭到雙肩不停顫抖。從她的角度看著小莎與之之，想起了她們多麼勇敢……

之之把自殺的母親抱著解下的畫面，小莎哭著求救，希望大家幫忙……她想起了一切……

生命有時很痛，但終究會過去。只要勇敢、不要停止去愛。

緹娜哭到無法自已，前方的小莎回頭對她微笑、遞上紙巾，進場隊伍走到主桌定位，伴娘到一旁小桌就座，主持活動開始。這時，場邊攝影大哥開始逐桌拍攝賓客給新人祝福的話，來到了伴娘桌。

小莎整個女王霸氣再現：「之之，老公如果欺負你，我揍他！」

緹娜泣不成聲：「之之，一定～一定～一定要幸福唷！」

這是喜悅的淚水，歡喜終於、終於苦盡甘來，走到新的一章！

小莎談笑著，說她跟斷了很久沒聯絡的A仔又開始交往，緹娜正替她高興，就在這時，螢幕播放影片突然一變，出現了阿鬼！

緹娜雙手遮臉、止不住的尖叫！

預錄好的影片中，阿鬼依舊是憨憨呆呆的笑，不同的是變黑變瘦……變帥了！

他羞澀的看著鏡頭：「已經開始錄了？啊……好！謝謝之之跟小蟲給我這個機會，恭喜你們唷！不過我更有話要對參加這場婚禮的某個人說，一定有到場的對吧？伴娘緹娜——」

燈光打下，所有人鼓掌叫好，視線投向緹娜。她被小莎簇擁著站起，又驚又喜看著螢幕。

「緹娜，妳聽好，我是認真喜歡妳，這分開的半年時間，我沒有一天不想妳，所以，我想認真問妳，妳願意跟我以結婚為前提交往嗎？」

哪有人在別人婚禮現場告自己的白啦！緹娜只想跺腳！

「答應他！答應他！答應他！」眾人紛紛鼓譟。

連線的另一個鏡頭畫面直接照著緹娜，她滿臉淚水，這次她不會再逃避了，用力的，點頭。

哇～～～～

之之走到她面前，將捧花一分為二，原來是特別設計，將兩束小捧花合綁成一束大的，分別給了緹娜與小莎。

三人相擁。

都要幸福唷！

‡ ‡

婚禮上她答應的消息，原本要等阿鬼回臺灣才能傳遞，但她不再等了。婚禮結束，緹娜馬上提著行李衝往機場。根據她的計算，阿鬼的航班在越南靠岸停留五天後就會開走，無論如何她都要找到阿鬼，有太多話，她要當面問清楚說清楚。

事情就是這麼巧，她一到越南峴港，正逢雨季，忘了帶傘超狼狽，還沒搞清楚東南西北，吃了碗路邊的河粉就吐拉了整整三天！

她一個人在旅館內不斷燒燒退退、間或發抖、全身無力，睡睡醒醒，昏昏沉沉之間，根本無法思考究竟要去哪找人幫忙。如果一個人就這樣客死異鄉……不要啊！怎麼辦呢，找臺灣辦事處幫忙？她特休假放完之前能不能痊癒呀，不然她回去馬上就要上班了，在國外生病時，格外想起臺灣健保的好……各種念頭百轉千迴。

最常浮現的，就是阿鬼的笑臉。

Wish you were here.

好想他。

緹娜唯一的力氣就是觀察自己的脈搏、口腔乾燥度跟上廁所情形，醫學院訓練的基本判定能力還在，確定還沒脫水嚴重，把隨身帶的藥吞下，用耳溫槍記錄著發燒退燒，在肚子咕嚕嚕作響聲中，又昏昏入睡。

第四天，總算滿身大汗醒來，一摸已經退燒、精神也恢復了。她這才想到要趕快找到阿鬼，浪費了這麼多天，阿鬼該不會已經出發了吧？

她依照最後一次阿鬼寄來明信片上的停靠資訊，叫了Grab❾，冒雨殺到港口區，一路大小車喇叭狂按、滿滿車潮，她握緊把手，一定要趕上！一定要找到！

在碼頭下車，緹娜沒撐傘，淋著雨跑了幾步，發現才剛復原的身體有點軟腳，心卻止不住的狂跳。她記得阿鬼搭的船名，一艘一艘的找，終於找到的瞬間，她幾乎要跳起來了！

船邊的人群熙熙攘攘、所有燈影都濕漉灰暗，看來是為了即將出航而忙碌，緹娜攔了一個人比手畫腳想詢問，卻發現對方不懂英文，只能放棄。她滿頭濕髮，揪著一整疊阿鬼寄的明信片，在原地焦急打轉，卻沒有見到她想找的那個人……最後，她鼓起勇氣，決定上船探探。

一階一階吃力的走著，一步一步想起整個追尋的路程，樓梯好長好高，下方海水好亮好搖，差點腳滑！她緊握扶手，中間還必須停下來喘口氣……

加油、加油！勇敢一次！她告訴自己，然後再用力一手握住扶梯，出力一撐，緹娜往前一看……

樓梯的頂端，赫然站著，微笑等著她的阿鬼。

瞬間，雨消失了、黑夜褪去了、吵雜與紛亂都不在，光打在她直盯著的那個人身上。緹娜所有的焦慮與緊繃全部瓦解。顫抖向前，然後撲進阿鬼懷裡，在那一刻，她一直想找的，有了唯一。

「妳是餓虎撲羊哩！」

「欠揍！」

放盡所有力氣後，緹娜號啕大哭，在人生地不熟的異域大病初癒，一直以來偽裝的堅強假象，都融化在阿鬼張開雙手的擁抱中。

「妳來了。」

「我來了。」

她一直在找的，唯一想找的，終於，圓滿。

Wish you were here.

Here I am.

❾ 東南亞國家盛行的叫車APP，類似Uber。

告別無底洞裡的陌生人，轉身給世界最悠長的濕吻

一轉身誰能把感慨拋在腦後，在事過境遷以後
這段情就算曾經，刻骨且銘心過
過去了，又改變什麼

小莎，已經是主治醫師。

趕去外縣市開會的路上，雙手握著方向盤等紅燈，瞬間，一個人影掠奪了她的視線。

喬治王，並肩跟著另一個女人，快步走過斑馬線。

額頭髮線後移了，肚子有一點出來，走路的步伐姿態依舊；小莎眼神跟著他，走完整段斑馬線，直到喬治王消失在騎樓柱子後。

許久後，小莎才抬眼看到自己倒映在後照鏡的雙眼，然後……笑了出來。

剛才沒有油門一加速把那男的撞死，自己真不簡單XD

「長大了、長大了，哎呀……」她心想著，紅燈轉綠，拉下排檔，向前駛去。

不知道是不是其他女醫師在求學階段、甚至後來的intern時代，都有這樣的問題：

建議搭配音樂
蔡健雅·〈陌生人〉

不是被書本壓得沒心情去聯誼，要不就被工作追得沒體力去多認識異性或曖昧。然後時間就這樣拖著、拖著，直到被周圍同事的紅色炸彈攻擊，甚至臉書朋友的動態都變成小嬰兒的臉，讓她根本認不出誰是誰，緹娜這才驚覺，她快要在感情的這張考卷上交白卷了！

一向很會考試的乖乖女們不能相信，自己也有交白卷的一天！

想當年……

之之遇到的三秒膠學長，已經是公認的笑柄了。

當年緹娜哀怨的繼續在偌大醫學中心裡，過著遊魂般、值班才出門、值完一人拖著疲憊回宿舍倒頭就睡到中午，再跳起衝去參加午間會議，順路經過病例室，把延遲完成會扣錢的病例補完……無限循環的生活。

那時的小確幸就是經過灰暗地下街時，能在麵包店買到剛出爐的麵包，跟擠排隊搶星巴克買一送一，買了以後才煩惱多一杯要找誰分。

如果是當年的小莎，永遠無敵的女王，集美貌跟招惹蒼蠅功力於一身的班花，早就安穩坐在員工用餐區的后座上，由旁邊的男丁（分一三五、二四及週末不同）恭敬的端上星冰樂了，要啥口味都能奉上，就連半糖低卡去冰都能生出來，還排什麼隊！

但小莎也遇到了天敵……

她們一起成為朋友，各自為了不同的價值分開、爭吵、再一起並肩……中間經歷過了好多啊！開會完就要跟她們碰頭了，好期待！

醫院旁的餐廳裡，之之抱著圓滾滾的嬰兒，緹娜依舊短髮，遠遠看到小莎，就用力揮手！

都已經社會人士了，她們甩開看診時營業用的溫和口氣，彼此吐槽、笑鬧，葷腥不拘！走外科的緹娜整個髒話功力大增一甲子，之之當了人母也還是招架不住的笑到臉紅！

這時，店裡放出了蔡健雅的歌。

三人同時嘆了口氣：「啊……當年的青春啊！」

女神雋永的歌詞由充滿智慧的聲音娓娓道來，頓時，大家都靜靜的回味起來。

有時寂寞太沉重，身邊彷彿只是觀眾，妳的感受沒有人懂
難得誰自告奮勇，體貼讓人格外感動，愛上他前後用不到一分鐘

隔壁桌傳來年輕妹妹的交談喧鬧聲，內容鉅細靡遺得不聽不行！原來是醫院裡的女醫師在討論渣男！

小圓、小仔、小花，看來年紀小她們一輪。她們靜靜喝茶，有一搭沒一搭的聽著。

‡ ‡

當時進入科內，就已經有祕書警告小圓：「阿帕這個學長很花唷，妳要小心！」

小圓很好奇，也相信自己一貫的冷處理，不會有啥機會出現。

但人就是千萬別鐵齒，小圓在一次雙手抓著兩杯星冰樂跟胸前捧著厚厚病例、搖

建議搭配音樂
蔡健雅．〈無底洞〉

搖欲墜時，阿帕順手幫忙接過病例堆，對她露出了一個該死的微笑。

就是那該死的微笑，讓她整個掉到無底洞裡。

首先是發現科內甚至開刀房內的活動，阿帕學長都跟她同組，再來是互相借用一些參考書籍、互相詢問一些資料、一起走地下街一起吃飯一起去病歷室，一起、一起、一起……灰暗的醫院地下街都變成浪漫的巴黎香榭大道。

小花欲言又止的問小圓：「最近……妳還好嗎？」

小圓從身邊圍繞的粉紅玫瑰花海中探頭，露出半催眠的眼神，微笑說：「很好很好，妳不會懂的啦！」

小仔意味深長地看了小圓一眼：「好吧……如果哪天想找我們談談，再說吧！」

之前小圓沒聽懂，甚至一心認為這些要不老姑獨處一生、要不處處留情的朋友們不會懂的，阿帕一開始就以結婚為前提做交往起手式耶！讓小圓又驚又喜，畢竟年齡跟社會上的期待也到了這個關卡，就像玩RPG，總不能一直在走路，也要解任務啊。

阿帕也常在開刀房內噓寒問暖：「這太辛苦了，學妹妳休息，我來就好。」或是：「某某老醫師交代的事太困難，學妹我幫妳。」科內慢慢知道兩人曖昧的消息，也會似有若無的調侃一下，都讓小圓心頭甜甜的。

後來，小圓就開始過著一人兼兩份工作的生活。

阿帕非常大男人。舉凡下班後的工作，都會帶給小圓要她幫忙。一開始還用「妳電腦打字比我快」的理由，拗她整理表格。小圓也樂在其中；或說「上班時我幫妳做了很多，下班就換妳，互相嘛」這種藉口，到後來，連阿帕要上臺開會報告用的幻燈片，都變成小圓負責。

但小圓仍渾然不覺。她除了自己分內的報告要做，資料要趕，還得因為幫阿帕整理的幻燈片不合他意，明明是自己值班時間卻不得休息，要幫他重新改過。整個作息、生活圈都開始改變。

慢慢的，自己把自己深陷在無底洞而不想掙扎。

他們開始爭吵；阿帕開始吃喝都叫小圓出錢；阿帕劈腿被抓包。

交往一年後，阿帕也完全閉口不談結婚的事。

吵架的畫面就跟所有愛情MV一樣，摔門、摔車門、摔電話，回想起來都覺得蒙太奇手法剪接後配上歌曲，就跟電視裡的沒兩樣。但身處爭吵當下，那種內心的撕裂跟痛、對自我的質疑跟否定，卻都是真真切切疼痛萬分，讓人相信根本就無法度過下一秒。

小圓吵完後還必須把眼淚吞回去，口罩戴上，繼續回去值班面對病人。

病人阿婆背後的褥瘡已經深爛見骨，小圓只得專心處理爛肉跟流膿，遺忘身後痛苦的幾分鐘，是她難得的平靜時刻。眼眶依舊泛紅的女醫師，挖著病人的爛肉來獲得心靈的寧靜。

爭吵後的復合依舊充滿裂痕，阿帕劈腿又被抓包，這次小圓小仔小花三人，非常驚訝且佩服的研究了整個抓包過程。

小圓說：「醫院內有非常多公用電腦，妳們知道嘛！網路對外都是封鎖的，只有幾臺特定的可以連外。」

小花點頭：「有，我記得Ｓ２護理站最裡頭的討論室，那臺公用電腦可以連外。」

小圓說：「對，有時在那間討論室開會，我都索性不帶ＵＳＢ，直接連網路信箱就可以抓檔案了。」她喝了口茶，繼續說：「然後呢，妳也知道宿舍裡的網路跟醫院是相連的，可以用遠端遙控從宿舍操作醫院公用電腦，有時懶得去醫院查病人的報告，可以從宿舍裡遠端遙控那臺Ｓ２電腦，看到Ｓ２的畫面。」

小花驚奇的說：「真的假的，妳怎麼知道？」

小圓回答：「有一次我看電腦課人員從遠端遙控來修Ｓ２電腦，之後他們教我的。」

小仔說：「齁～這麼好的招妳怎麼沒講？害我半夜還要去護理站找公用電腦查東西。」

小圓笑：「拜託，要是太多人都知道這招，同時遙控Ｓ２電腦，會亂成一團啊。」她又正色：「反正呢，那次阿帕說在Ｓ２值班，我想說最近有點冷戰，給他個驚喜，在Ｓ２電腦上留個筆記本，鼓勵他值班的留言，結果就看到……」

小花笑：「哈哈，你們還真浪漫唷！」

小圓嘆：「遇到對的人，軟爛到躺在床上刷牙不起身，對方都覺得浪漫；遇到錯的人，妳努力試圖買了一萬朵玫瑰，都會被當成屁。」

原來，當小圓從宿舍登入Ｓ２電腦畫面時，發現已經有人在使用該臺電腦。本來她沒留意，正要登出時，發現到該電腦上正是阿帕的臉書帳號！而且阿帕居然在跟另一個女生傳訊息：

寶貝，在忙嗎？

幹嘛啦！

想你啊

去找你女友啊甚麼大圓小圓的

我們已經分手了

實在個性不合

哈～上次她有到我們護理站，看起來不怎樣啊

是啊！還是你在熱河裡看起來最「怎樣」了

吼唷

小圓腦袋一片轟然！

我們什麼時候分手了？難道小三也是院內的人？雖然不知道「熱河」是什麼，但絕對不會是在說中國那個省縣，這男人哪有空出國！

小圓已經氣到差點沒把宿舍炸了，然後殺去S2護理站！她焦慮又痛心，後面有更多露骨不堪的對話。

她強忍心痛，邊看邊打給阿帕：「阿帕，你在值班嗎？」

阿帕冷道：「幹麼！我值班很忙。」

同時，螢幕上的畫面：

> 好煩唷...我已經受夠她了
> 還是會打電話來騷擾我
> 很爛耶都分手惹是想怎樣啦

小圓深呼吸：「對不起吵到你了，我問一下，你今天值班區域是S2對嗎？」

阿帕：「對，幹麼？」

小圓：「我有幫你跟護士們訂雞排當宵夜，等會送過去。」

阿帕：「喔。」

不管她
寶貝
嗯
肚子餓了嗎？
幫你送宵夜
嗯亨
送你們護理站都有唷
雞排
啾

啾你老木！

小圓放下電話，焦躁難安，又打院內分機到S2護理站，裡頭護士跟她很熟，一聽就確認，現在此時，阿帕正坐在電腦前沒錯。

小圓內燃著核融合般的高熱憤怒，雞排你的頭！當然不送！

隔天阿帕值班結束後，男方還若無其事的邀她吃飯。

阿帕一見面，就不悅的質問她為何沒把雞排送到。她笑說店家生意太好，不接單了。

結帳時，阿帕一如往常要小圓自己出錢，她聳肩說沒帶，阿帕有點不爽的把自己錢包掏出時，一個手滑，摔落了一地發票跟名片。

然後小圓看到了那張名片——

小圓強忍突如其來的厭惡感，拍桌站起，頭也不回的離開。

真正分手

小小圓仔花三姐妹笑到拍桌捧腹！

小仔狂笑：「天啊！雖然我早知道阿帕很花，其實剛來醫院報到時，他曾經約我吃飯，可是我想說他似乎要認真跟妳交往，就沒有提了。」

小花讚嘆：「小圓，妳真的太厲害了，這是我聽過最高科技的抓包方法了。」

小圓一臉懊惱的說：「私下是分手了，可是科內大部分還不知道，有次科內開會，我剛報告完，就被臺下長官故意點名要阿帕那王八蛋comment，超嘔的！」

分手後，阿帕這人名後面都會加上「那王八蛋」。

小圓繼續說：「也只能笑笑不回應就算了，最氣的是，接著換阿帕那王八蛋上臺報告，他拿的還是當年我幫他做的幻燈片！媽的！早知道每張slide上面都加浮水印啊！」邊說邊槌桌子。

小仔笑得到滾到桌下。

小花也笑到拭淚，顫抖著問：「那妳當時看到他們在S2電腦上的對話，有備份嗎？」

小圓給了個意味深長的「嗯哼」。

‡ ‡

旁邊桌的三位學姐彼此心照不宣的互看一眼，微笑，喝茶。

江山代有人才出，渣男跟蟑螂各領風騷數百年，都不會滅絕，尤其醫界。

緹娜開口：「妳說來的路上看到喬治王，妳沒撞死他唷？XD」

小莎小啜一口茶：「不行，我怕他沒那個身價賠我的跑車。」

之之捏著女兒軟軟的手：「我們家也有小車唷～是玩～具～車～」

小莎開心低頭磨蹭小女娃，好暖好香好嫩～

之之問：「小莎，那妳看到喬治王，有什麼感覺嗎？」

小莎搭配著背景歌曲切換，小聲的說：「再見了，陌生人。」

一切都放下了。

當我了解你只活在記憶裡頭

我不恨你了，甚至感謝這樣不期而遇

當我從你眼中發現，我已是陌生人了

我已是陌生人了

之之問：「對了，緹娜，聽說妳跟阿鬼又要去環遊世界？」

「嘿呀！這次要去玻里尼西亞的天空之鏡，上次去吳哥窟他給我感染阿米巴，真是太遜了！」緹娜啃著貝果，想到了什麼：「小莎，妳咧？名花有主了嗎？」

小莎神祕的笑：「有啊，祕密XD」說完，食指貼唇抿著笑。

之之勸：「好啦，妳不要逼人家XD要不然小莎說說，是大叔派的還是小鮮肉？」

緹娜附和：「金斧頭還是銀斧頭？」

小莎故作神祕的想了想。

緹娜大叫：「齁唷~快講啦！」

小莎邊笑邊搖頭，抱著之之女兒擋，才說出其實她跟A仔已經順利交往了。

惹得之之跟緹娜一陣歡呼！

不論如何，都要更愛自己；不管是誰，一定是先看重自己。

過一天，愛一天。

這是一個愛的故事。
愛的故事，不會停。
每一天都是。

就算無雲的天空有多深，比不上渴望深
我要給世界最悠長的濕吻
就算無常的大地有裂痕，自己可完整
我要給世界最悠長的濕吻

建議搭配音樂
蔡健雅‧〈我要給世界最悠長的濕吻〉

閉上眼 閉上眼 總會看到剎那的神
一晃眼 一晃眼 總會碰到偶然的真
過一天 愛一天 反正一切都有可能
過去的 未來的 不聞也不問
換個靈魂

番外篇／一元外傳

一元下班後步出診間辦公室，打零工的時數費差強人意，他自從離開血汗醫學中心後，東接接西跑跑的結果，經過了幾個單位啊……

首先，去兼職健檢醫師，千篇一律的：「好、有沒有過敏、有沒有開刀、沒、好、下一個。」照著單子上選項打勾、勾、勾。

穩定但無聊。

考駕照的啦、公司新進人員的啦、根本就只是過個水，他也就當個人肉橡皮圖章。等到後來核對，哇！發現他好多主管機關規定的學會時數都不夠，才心不甘情不願的去上課補時數。

呿～都聯考完那麼久了還要念書，真煩！

一元抗議：「阿長，這種健檢好無聊，我不要！我要換！」

阿長無奈不語。

後來換到工廠外檢。

建議搭配音樂

Maya Isac · 〈When I get There〉

一元：「哇，可以隨車出門，好像很好玩耶！」

結果是到工廠，一個早上看了四百多個人。這還不是重點，重點是檢查點設在工廠鐵皮倉庫內，還沒有冷氣，那個悶、熱、汗味、臭氣，結果他比排隊等候久站的工人還耐不住，第一個昏倒，整隻被抬到餐廳圓桌上。

為何是餐廳？因為那是全工廠唯一有冷氣的地方。

之後，他被笑了好一陣「產地到餐桌」。

一元再次抗議：「阿長！這種我不要！我要換！」

阿長：「……」

再換去役男體檢。

一元這次有先特別確定：「阿長，這次是在醫院內吧？我不要再出去晒太陽了。」

阿長點頭：「有有有！」

一個上午檢查了兩百多個役男，包含全套的身體機能檢查，一元要負責傳說中的「肛門、生殖器官」關。

一元崩潰大喊：「我不要！我不要！我不要！」

阿長瞪他：「那天的檢驗醫師只有你是男的，給我去！」

哼……

一元當天看了不知道多少晃動的蛋蛋鳥鳥跟掰開的屁眼，連閉上眼都可以浮現畫面，看到最後他已經懶得自己伸手了……

其中一個項目要檢查有無隱睪症。男性的睪丸是胚胎發育時慢慢從後腹腔掉落到陰囊袋裡，但很多男人不知道自己摸起來軟軟鼓鼓有東西的蛋皮裡，其實是空包彈，摸到的是脂肪或是一些腹腔掉落的腸系膜，久了可能會變成疝氣。

「或造成心理上的問題。」阿長如是說。

一元疑惑：「蛤？一邊空包彈會有什麼心理上問題？」

阿長說：「男生會比較啊，長度粗細都在比了，一邊蛋蛋扁掉也會比，可能在軍中會被霸凌，所以～蛋蛋要捏過。」

真的假的……

當年過胖，只當過十二天兵的一元是不會懂的啦！

一元百無聊賴的看著眼前一根根晃過，一顆顆捏過……啊！整個手都是那觸感啦！自己彷彿身處瑤池金母娘娘的蟠桃盛會，鳥禽獻瑞、有鳳來儀、報喜連連……

最後，他行禮如儀的照念：「好，衣服拉起來到乳頭，蹲下，好，自己捏捏蛋蛋，好，轉一圈。」頭都不抬的打勾、打勾、打勾。

沒想到，這樣也出事了！

一個役男不知道是太緊張，還是因為單身狗被旁邊一群帶妹子來放閃的體檢男閃瞎變傻了，沒聽清楚但又非常微妙的聽到一元交代的話。

輪到他檢查時，突然發出哀號跟慘叫！嚇壞一元跟外頭人員！

役男蹲在地上大哭：「哇！我沒辦法啦！」什麼沒辦法？剛剛不是好好蹲下了嗎？

阿長疑惑的眼神掃過來，一元心一驚！沒有！不是我！我什麼都沒做！

役男啜泣著說：「醫生叫我……蹲下來摸蛋蛋然後轉一圈……可是我怎麼轉，我蛋蛋只能轉半圈而已，好痛啊！」

阿長的眼神馬上變成殺人模式！

哭著哭著，役男不知道是缺氧還是肚子餓太久，居然昏！倒！了！眾人連忙吆喝抬起、找急救床位躺！

一元正要慢慢縮到人群後，就被阿長揪出來！

「快啊！你醫師！你有ACLS❿證照吧，快急救啊！」

一元遲疑：「我的過期很久了……」那麼討厭上課，當然不會去管證照過期的事啦。

阿長氣急一拍：「齁唷，你醫師執照是拿來當壁紙的唷！」

才不是呢，當壁紙也太小張了吧！

一元撫撫肩膀，怎麼到哪都有像當年外科學姐那麼恰北北的女生啦！吼！

‡　‡

總之，一元就這樣流轉到醫美這邊來啦！

固定時數拿固定薪水，不受人數多寡影響，而且看的不是什麼病人，多是客人，更不會有急救不急救的問題啦！太～好～啦～最好都別有人來！

❿ 高級心臟血管救命術，急救用。

他每診次都開心得架起筆電追劇，偶爾幾次被打斷是為了要去診視病人、喔不，客人，他還覺得有點掃興咧！

診間裡還搭配另一個專科的皮皮學姐，認真又丁金（臺語），不只不亂推銷、還會阻止客人買不需要跟不適合的療程。現在很多一股腦只想推銷的美容師，都會一直慫恿客人把買的時數課程快點消費光。

但皮皮學姐不會這樣，因此她的時段指名總是超多！甚至還有一次看到之前一面之緣的之之學姐也來找她，聽說要結婚了，來保養做婚攝準備。

一元吐吐舌，還好不是輪到自己手上。不然完全不會設定、機器都是按照旁邊的N次貼提醒的亂按，要被知道就慘了！一元某次看到皮皮學姐把同一臺機器操作到出神入化，先鑑別患者臉上的黑斑，再個別調整機器的作用深度跟範圍。原來還能這樣！但他確定自己學不來~（攤手）

尤其其中一臺雷射是除毛雷射，限定如果使用在私密處，一定要搭配女醫師，所以一元還真沒什麼使用機會！

終於有一天，輪到他了！

使用在手指背根腳趾背！

一元驚呆，這種地方也有人要除毛？

只聽到女客人說：「我幾乎所有體毛都除光了，連毛根都處理了，看來看去，就覺得這個手指跟腳趾的毛太長。」

一元拿下護目鏡：「妳這哪叫毛太長？也除得太誇張，我四歲小姪女的毛都沒妳那麼光！這地方哪要……啊！」

腳被狠狠踩了一下！一元轉頭，發現是旁邊的人員。

只見女客人臉一陣青一陣白，果然，被投訴啦！

當天結束後，皮皮學姐過來訓了好大一頓，什麼自費醫療還是有醫療的專業啦、要堅持啦、要體諒對方同理啦叭啦叭啦的……（挖耳朵）

真是不管到哪，都有恰北北的女醫師咧！哼！

但至少最恰最恐怖的在外科，無論怎樣他都不會回去的！

今天，小鎮外科村又恢復和平的一天，我們感謝飛天遁地、無所不在的女醫守護者的努力～

花樣女醫白袍叢林生存記：一起哭，一起笑，一起LOVE／劉宗瑀 著 – 初版. – 臺北市 : 時報文化，2020.07；面；14.8╳21 公分. --（STORY：036）

ISBN 978-957-13-8243-2（平裝）

863.57 109008061

ISBN 978-957-13-8243-2
Printed in Taiwan

STORY 036

花樣女醫白袍叢林生存記：一起哭，一起笑，一起LOVE

作者 劉宗瑀｜**主編** 陳信宏｜**副主編** 尹蘊雯｜**執行企畫** 吳美瑤｜**美術設計** FE設計｜**編輯總監** 蘇清霖｜**董事長** 趙政岷｜**出版者** 時報文化出版企業股份有限公司 108019 臺北市和平西路三段240 號 3 樓 發行專線—(02)2306-6842 讀者服務專線—0800-231-705・(02)2304-7103 讀者服務傳真—(02)2304-6858 郵撥—19344724 時報文化出版公司 信箱—10899臺北華江橋郵局第99信箱 時報悅讀網—www.readingtimes.com.tw 電子郵件信箱—newlife@readingtimes.com.tw 時報出版愛讀者—www.facebook.com/readingtimes.2｜**法律顧問** 理律法律事務所 陳長文律師、李念祖律師｜**印刷** 紘億印刷有限公司｜**初版一刷** 2020 年 7 月17 日｜**初版三刷** 2022 年 5 月17 日｜**定價** 新臺幣 330 元｜（缺頁或破損的書，請寄回更換）

時報文化出版公司成立於1975年，1999年股票上櫃公開發行，2008年脫離中時集團非屬旺中，以「尊重智慧與創意的文化事業」為信念。